『ヒプノスの回廊』

グインは虚を突かれた思いでただ茫然とその巨大な上半身を見上げていた。（199ページ参

ハヤカワ文庫JA
〈JA1021〉

グイン・サーガ外伝㉒

ヒプノスの回廊

栗本　薫

早川書房
6818

THE PASSAGE TO PAST

by

Kaoru Kurimoto

2011

カバー／口絵／插絵

丹野　忍

目次

ヒプノスの回廊

●初出
「前夜」（アニメ『グイン・サーガ DVD 1』アニプレックス 2009年3月）
「悪魔大祭」（〈JUNE〉1982年9・11月号　サン出版）
「クリスタル・パレス殺人事件――ナリスの事件簿」（『グイン・サーガ・ハンドブック2』早川書房 1999年7月）
「アレナ通り十番地の精霊」（『グイン・サーガ・ハンドブック3』早川書房 2005年4月）
「ヒプノスの回廊」（『PANDORA』早川書房 2006年9月）
「氷惑星の戦士」（〈SF マガジン〉1979年3月号　早川書房）

前夜

「あッ、お母様だッ」

いうと同時に、レムス少年は意外と身軽に、木の枝から幹にとりついて、するするとすべりおりた。そのまま、しきりと身繕いをして、なにくわぬようすを装う。

リンダは、ドレスの裾がある分、敏捷に行動しそこねた。あわてて木から飛び降りたが、そこにちょうどターニア王妃が女官たちを従えてやってきたので、そのスカートをあられもなくからげて飛び降りるさまを、しっかりと母親に見られてしまった。

「まあ」

王妃よりも、年長の女官長のエリシアがたちまち柳眉《りゅうび》をさかだてる。リンダはしまった、と首を縮めた。

「何をなさってるのでございますか、リンダさま！　あらあら、まあまあ、お召し物の裾が破れてしまった！」

「その、ちょっと……ちょっと高いところに上がってみたくなっただけよ」

リンダは唇をとがらせた。レムスは素知らぬ顔をして、何も自分には関係ない、というように口笛を吹いて庭園に沢山棲んでいる小鳥を呼ぶふりをしている。

「なんということを」

エリシアの眉がこんどは逆八の字、といっていいものになった。

「神聖なるパロ王国のお姫様ともあろうおかたが——しかももう十四歳になられながら……」

「ねえねえ、お母様！」

リンダはとりあえずエリシアの癇癪《かんしゃく》は手っ取り早く無視することにきめて、母ターニア王妃のほっそりとした白い腕に、幼い子供のようにすがりついた。ターニア王妃自身は、リンダのいつものことであるそういうお転婆を見ても、本当は気難しい女官長ほどには怒りはしないことを、リンダはちゃんと知っていたからである。それに父親であるパロ国王のほうは、むしろリンダのお転婆を面白がっていて、時としてけしかけるようなことさえ云ってさすがに王妃に眉をしかめさせることもあった。もっとも王妃がその美しい眉をひそめるのは、リンダが怪我をするから、というよりも、「あの子があああして男の子のように活発なところを見せれば見せるほど、『本当はリンダさまが王子で、レムスさまが女性であられればよかったのに』というような声が高くなって、レムスが悲しむことになりますのよ、あなた！」というのが最大の理由だったのである。いつもリンダの影でしかないようなレムスは、双子ゆえリンダにそっくりではあるけれども、姉よりもひとまわり線が細いように見える顔で、崇拝をこめて母を見上げ、いつのまにか母親の左隣りにぴったりとくっついていた。

「今日は、ナリス兄さまがマルガからおいでになるのよね！」

「ええ、そうよ。そうして、何日かクリスタル・パレスに御滞在になるのよ。でももちろん、フィリス姫もいらっしゃるわ。今夜は、フィリス姫のお誕生祝いなのですから」

「フィリスってあたしちょっと苦手」

リンダは舌を突きだした。

「いつもおすましして、自分のお衣裳が乱れることしか考えてないみたいに見えるんですもの。ファーンのほうがずっと好きだわ――ああ、でも、何よりもナリス兄さまだわ。……ほかのかたはおみえになるの？　リギアは？」

「リギア聖騎士伯はナリスさまに随行されると思いますよ。でも、弟ぎみはおみえになる御予定ではなくてよ、リンダ」

「ふうーん……」

リンダは、ちょっと考えこんだ。

が、エリシア女官長がたちまち、年老いたメンドリのように文句を言い始めたので、それどころではなくなってしまった。

「フィリスさまは申し分のない淑女で、あのお年でもうれっきとしたデビであられるのですよ。フィリスさまの礼儀作法は完璧であられます。フィリスさまは決して、こともあろうに木にのぼろうなんて——おおっ、ぶるぶるぶる——考えもなさいませんですよ！　そうして、おドレスを破いてしまわれて！」

「だぁって、どうせ夕食会のときにはお召し替えをするのじゃないの」

リンダは口答えをした。

「それにフィリスはもともとおとなしいんだわ。レムスもそうだけれど。でもあたしはそうじゃないんだもの。あたしは——あたしは、クリスタル・パレスの暴れ小馬だって、よくお父様がお笑いになるわ。それでも、元気一杯で、病気もしなくて、王女としてのたしなみをちゃんと身につけていれば、ちょっともかまわないのよね？　そうよね、お母様？」

「そうねえ」

青白い美しい顔と、優雅な物腰で、つねに《パロ宮廷一番の淑女》と呼ばれている、たおやかにも優しいターニア王妃はちょっと物憂げに微笑んだ。リンダをこの上もなく愛してはいたが、この母のなかには、おのれが生んだむすめのような、そういうたけだけしい、お転婆の血などはひとかけらも流れていなかったからである。それでもターニア王妃はつねにこのお転婆で無鉄砲な姉娘を可愛がっていたし、おとなしくてとかく姉のかげになってしまいがちな弟王子たるレムスと公平にあつかうようにつとめようとしていたのであった。

王妃は、すきとおるレースの上スカートをかるくよせあつめ、その上にほっそりとした手でリンダの頭を抱き寄せて、女官の渡した手布でリンダの汗ばんだひたいをぬぐってやった。

「こんなに別嬪さんで、お利口なのにね」

王妃はいくぶん寂しそうな微笑みを浮かべた。そして、ひがまないようにと、あいた左手でレムスの頭をもそっとかかえよせた。レムスは至福の表情で母の肩に、きれいなプラチナブロンドのおかっぱに切りそろえられた頭をこすりつける。そのようすは十四歳というにはいささか幼いものがあった。

「でも、まあいいわ。いまは好きにしておいでなさい。女の子の、好きに遊んでいられる時期など、悲しいほどにすぐ過ぎていってしまうのだわ。そうして、たちまちに、淑女として、貴族の女性として、聖王家の王女としてふさわしい行動を——とまわりからあれこれと云われるようになる。わたくしもそうだったわ——ああ、もっとも、それは女の子に限ったことではない、男の子だって、すぐにお勉強だ、帝王学だとはじまって、平和な子供でいられる日々はもうすぐ——本当にもうすぐ終わってしまうのですけれどもね。そうでしょう、みんな」

王妃はものやわらかに女官長や、女官たちに声をかけた。みな、しとやかで聡明なターニア王妃をこの上なく尊敬していたので、エリシア女官長も含めて、大きくうなづいた。

「さようでございますねえ」

「女の子なんて——それも聖王家の王女なんてつまらないわ!」

リンダは、威勢よくはね起きて、母の手をつかんだ。

「わたし、もっと——そうだわ、いろんなことをしたいの。とてもとてもいろんなことをしたいの。——馬にも乗れるようになりたいし、冒険も、そうよ、冒険したいわ!遠いところへいって、恐しい怪物と戦ったり、野蛮な蛮族を従えさせたり——女に生まれたからって、どうしてそういう夢をみてはいけないのかしら。どうして王家の女の子は、いずれお嫁にいって、おしとやかに刺繍でもしているほかはない、なんて決められているの?」

「それは……ねえ……」

困ったように母が苦笑する。レムスは、ちょっと恐ろしげに双子の姉の威勢のよい顔を見つめていた。

「あたし、さっき、木の枝のあの下から三番目の太い枝までのぼれたのよ！」

リンダは自慢げにいって、スカートを両手でもってくるくると芝生の上でまわった。

「遠くまで、どのくらい遠くまで見えるかしらと思って。——そう、クリスタルの塔の群れのどれかにのぼれば遠くは見えるでしょうけど、そんなんじゃなくて！　あたし、自分の力で——階段じゃあなくて、木にのぼって、遠くが見たかったの。でも、この庭園はほんとに背の高い木が多いのね。木にさえぎられて、ちっとも遠くが見えないの。つまらないわ」

「だからといって、今度はクリスタルの塔の屋根にのぼろうなどというお気をおこされますな」

女官長が怖い声を出した。

「冗談ごとではすまなくなりますぞえ」

「そんなもの、のぼらないわよ」

リンダは言い返したが、そのとたん、うしろからかけられた声をきいて、突然しとやかになり、顔まであからめた。

「いったい何にのぼるんですって？　お転婆さん。おばさま、皆様、ご機嫌よう。ちょっと早くついてしまったので、皆さんがロザリアの庭園にいるとうかがって、こちらまで出向いてきたのですよ」

「ナリス兄さま！」

リンダは、あわてて、さっき木の枝にひっかけて破ってしまったドレスの裾をうしろにまわして隠そうとした。それは、この一、二年でようやくはっきりとしてきた、彼女のなかの女らしさの発露でもあった。それまでは、「大好きないとこのナリス」が宮殿に遊びにやってくるたびに、何一つ考えることもなく、駈け寄っていってナリスの胸に飛び込み、抱きついていたからである。だが、この一年ばかりで、じっさいには、リンダはお転婆ではあったが、そのなかにある女らしさも急成長していた。ベック公ファーンがいとこのフィリスと近々に結婚するだろうということ——そして、自分はおそらく、父の兄の長男であり、クリスタル公として父を補佐する立場にあるいとこのアルド・ナリスの妻となるのだろう、ということを、女官たちのおしゃべりや、また自分でも感じたりするようになってから、それまでとかわらず大好きではあったけれども、「ナリス兄さま」は、リンダにとっては、ちょっとだけ特別な——ほかの人間とはまったく違う位置にある存在になっていたのである。

「お元気そうでなにより、ターニア叔母様、いや、王妃陛下」

クリスタル公アルド・ナリスは、優美に胸に手をあてて地面に膝をつき、騎士が女王に捧げる敬礼をした。それからしなやかに身を起こして、リンダにも、同じように騎士の礼をしてみせた。

「聖なるパロ王国の王女リンダ姫には、いつにかわらずお元気でお美しい」

「それが、このおてんばお姫様というに、さきほどはなんとあのロリアの大木にまるでサルみたいにおのぼりになって、なんとドレスを破いてしまわれたのですよ！」

意地悪そうにエリシアが口を出したので、リンダは真っ赤になった。そしてひそかにエリシアを怨んだ。が、

「おお、そんな冒険がここでくりひろげられていたの？　私もまにあえば参加したかったのに。こうみえて、私は木登りはうまいんだよ」

かるくナリスがたくみにいなしたので、もじもじしながらも、やっとかすかな笑顔になった。ナリスはじょさいなく、レムスにむかっても頭をさげた。

「聖パロ王国の後継者たるレムス王太子殿下、お元気なるおすがたに今日もお目にかかれましてこれにまさる喜びはございませぬ。私はつねにかわらぬ、あなたのもっとも忠実なるしもべでございますぞ」

「さあ、もう、そんな堅苦しい挨拶はおしまいにしましょ、ナリスさま」

ターニア王妃が笑った。

「あちらにいって――ロザリア庭園のあずまやにお茶を運ばせますから、ちょっと早いけれど、お茶の時間にいたしましょう。今夜と明日の饗宴にはお出になって――カリナエには、いつお戻りになりますの？」

「一応、今回はいろいろ陛下ともお話やご相談がございますので、しばらくはこちらに寝泊まりさせていただきますが」

ナリスは優雅に答えた。

「どうせカリナエまではいくらもない、同じクリスタル・パレスのなかのこと、堅苦しく考えることもございますまい。それに、ファーンとフィリスの結婚のことも、いよいよ本決まりになってきたとうかがっておりますし」

「それは、今夜の席で。それまでは内密にお願いしたいのよ」

あわてたようにターニア王妃が手をひらひらと振った。その白い手は、白い蝶々のように見えた。

アルド・ナリスは微笑んでうなづいた。クリスタル公は基本的には武人でもあって、大公騎士団の団長でもあったが、文官の代表でもある。ゆったりとした白地で襟元に華やかな刺繍のほどこされたチュニックに、細身の紫の足通し、それに上から袖なしの黒地の長めの胴着を羽織ったなりが、よく似合って華やかで、しかも美しかった。長い艶やかな黒い髪の毛をうしろでたばね、ゆるやかにひもで結んでいる。リンダはひそかに（なんて兄さまは綺麗なのかしら。宮廷じゅうのどんな美女よりも兄さまのほうが綺麗だわ）と考えながら、ナリスのそのすがたに見とれた。まだ、ついさきごろ、（いつか、おそらく自分はナリスの妻になるのかもしれない）という思いが胸のなかで確かになりはじめてきたばかりである。そう思っただけで、まだ十四歳の、何も知らぬ少女にすぎぬリンダには、なんとなく遠い未来の華麗にして、あまりにもあでやかすぎる黄金色の夢のなかに引き込まれてゆくような酩酊感があった。

（わたしが、ナリス兄さまのお嫁さんに……）

（こんなおてんばで、こんなにおしとやかでなくて……ナリス兄さまのほうがよっぽどおしとやかだと思うわ……大丈夫なのかしら……）

だが、聖王家の女性は、出来ることならば、同じ聖王家の青い血を受け継ぐ男性と結婚して、聖王家の血の純血を守るのが役目だ、ということは、ごくごく幼いころから、まわりからしょっちゅう言い聞かされて、なんとなくすでに決まり切ったことのようにリンダの頭のなかにしみ込んでいる。

（そうしたら、でも、レムスはどうするのかしら――フィリス姫はまあ、年も上だからファーンの奥さんがちょうどいいけれど、もうほかには、親戚のなかには、レムスにちょうどいいような子はいないわ……よそから、王妃を迎えることになるのかしら。聖王家の青い血を守るのは私とナリス兄さまの役目になって、レムスはパロの発展のために、どこか外国の大国の姫君とかをもらうことになるのかしら……）

だが、それはあまりにも、リンダにとっては、遠い先の未来の出来事として、現実感がなさすぎた。

（まあ、いいわ）

彼女はその考えを頭から払いのけて、ナリスにはにかみがちに笑いかけた。

「今度は、ずっといて下さるんでしょう？　ねえ、私、このあいだ、新しい革の乗馬服をお母様が作っていいといって下さったの。それがやっと出来たのよ。だから、遠乗りにいっぺんはつきあってね。それから、それから……」

「なんでも、御意のままですよ、姫君」

ナリスはあでやかに笑った。

「私はあなたの騎士なのだからね。なんでも、したいことをおっしゃって下さい。それにしても革の乗馬服で遠乗りとは勇ましいね」

「まだ、よく乗りこなせない新しい小馬がいるのよ」

リンダは頬をほてらせて云った。

「よかったら、ねえ、うまやにゆかない。その小馬を見てやってちょうだいな。小馬をうまく手なづけるコツはあたしよりナリス兄さまのほうがずっとお詳しいわ」

「これこれ、リンダさま。殿下はこれから王妃陛下とお茶をなされるのでございますよ」

「あら。そうだったわね」

つまらなげに、リンダはつんと上をむいたとがったかたちのいい鼻をそらした。その

21　前　夜

かわいらしい上向きの鼻はまぎれもなく、ターニア王妃から遺伝したもので、当然双子であるからにはレムスにも伝わっているはずだったが、どういうわけかレムスのほうは、もうちょっとしょぼんとした、勢いのよくない鼻のかたちになっていた。そのせいもあって、ことさらにレムスはおとなしやかに見えるのかもしれなかった。

「ともかく、王妃さまにはあずまやへお運びあって——あまり長いこと、日にあたっておりますと、せっかくのお白いロウのようなお肌が日焼けなさいますよ。本当はもう十四にもなられたお姫様だってそうなのですけれどもね」

エリシアがじろりとリンダを見た。レムスは心配そうに姉と女官長を見比べていたが、リンダがエリシアから見えないところでべろりと舌を出して、すごい顔をしてみせたので、ぞっとしてあわてふためいてしまった。

「あら、レムス、おかしな子ねえ。あんた、何をそんなにうろうろしているのよ」

容赦なく、姉のほうがそこに突っ込んでくる。レムスは、「ぼく、もう、おへやに戻るね」と力なく宣言すると、レムスづきの女官たち二、三人といっしょに、先に王子宮のほうへむかって歩き出した。クリスタル・パレスはとてつもなく広く、そのなかにいくつもの大庭園と、そしてそれ自体が独立した宮殿、といってよい、カリナエ宮、ベックク邸、騎士宮、などの大きな建物を擁している。そのあいだに、クリスタルの象徴として名高い、いくつものそれぞれに趣向の違う塔が吃立《きつりつ》している。

そうして北は暗鬱なまでにずっしりとしたランズベール塔とランズベール城に守られ、南は南大門によって囲い込まれている。そのあいだの、東の方角は、アルカンドロス広場につながり、そのままクリスタルの市街のほうへ、いくつかの川に守られて続いている。

一見すれば、これほど堅牢で、かつ攻めにくい都市は、平城といったところでないように見えるくらいに、それは沢山の頑丈な建物がそびえたち、そのあいだに塔がそそりたち、限りなく大勢の騎士達、武人たち、そして女官たちや下働きたちが忙しそうに行き来している、にぎやかな宮廷都市であった。ナリスがわざわざ出てきて「今日は王宮に泊まる」というくらいに——カリナエと王宮のおもだった建物のあいだも開いている。少なくとも、そこは、小馬だの馬車だのが出てこなければ、貴婦人たちには簡単に歩けるような距離ではないのだ。それにそのあいだもぎっしりと、庭園や大貴族たちの私邸、公邸、官庁として使われている建物などによって、さえぎられている。

（美しい都……）

ふと、奇妙な身震いに似たものが、リンダの胸をおそった。

（美しくて——そう、パロは、いまや……おごりの絶頂にいるのだ。美しくて、繁栄していて、ゆたかで——物資も豊富で、よくおさまっていて、何ひとつ、いうことはなくて……）

（それはみんな、国民たちもアルドロス三世、つまりお父さまを敬愛し、それ以上に深くターニア王妃を敬愛し——ジェニュアのヤヌス十二神に深く帰依して、その守護によって平和でゆたかな暮らしが暮らせるのだ、と思って楽しく暮らしているからだわ。——それに、パロには、あの美しい、神兵のような聖騎士団がいる……）

パロの支配はゆるがないだろう——だのになぜ、奇妙に胸のどこかがさわぐのだろう。

不思議にとらわれながら、リンダはナリスと母たちに丁重に、こんどは申し分なく姫君らしく挨拶して、芝生を横切っていった。そこには、すでに、かれらを王子宮に運ぶ一頭だての可愛らしい、白塗りの馬車と、そのうしろに付き従う随身の騎士たち数名が待機していた。

「お戻りでございますか？」

「ええ。夕食会のために、お着替えしなくてはならないの」

「かしこまりました」

よく訓練された大人しい白馬は、ひょいと御者が手綱をひくと、すぐに静かに歩き出す。それからそれは、かるいだく足になった。

本来ならば、もう王子は王子宮に、王女は王女宮にと別れて入れられ、育てられているところである。だがかれらは、とても仲のよい双子であることもあったし、王と王妃の多少の甘やかしもあったので、「十六歳の、正式の宮廷デビューのときまでは、まあよろしかろう」というので、王子宮に一緒に暮らしているのだった。それは、なんだかんだといっても実際にはとても仲の良い、リンダとレムスのきょうだいにとってはとても重大なことであった。かれらは生まれてこのかた、かたときもひきはなされたことなく、「パロのふた粒の真珠」として育てられてきたのだ。そのふた粒の真珠が、ひと粒だけひきはなされたとしたら、どちらもどんなにか嘆いただろう。

なかには、レムスが、「あんな目立つ活発な姉上とくっついているからソンをするのだ」と、レムスがもっと単独行動をしたほうがよいのに、と考える廷臣もいないわけではないようだったが、じっさいには、ときたまそのことで姉弟げんかをするといいながら、二人はとても愛し合っており、互いを互いのまたとない分身とみなしており——だからこそ、ひきはなされたら、まるでおのれのからだがひき裂かれてしまったような苦痛を感じるに違いなかった。何をいうにも、かれらは、生まれてこのかた、かたときもはなれたこともなく一緒だったのだ。

もうそろそろ問題ではないか、と女官たちが顔をしかめるのにもかかわらず、ターニア王妃は十四歳の王子と王女を、同じ大きな寝室に二つのベッドを置いて寝かせていた。もっとレムスが幼いころには、レムスはひどくものにおびえるたちで、強い風の夜などとても怖がるので、姉のベッドにおずおずともぐりこんでくる。それを姉も何ひとつ不思議だとも思わずに、十歳、いや、十一、十二歳を数えるまでも、怖がる弟を抱きしめてやってひとつベッドに眠っていたものだ。

(それについても、女官長がいろんないやなことを言い出すようになったから、してはいけないことになったんだわ……)

大人になるとは、なんだか、イヤなことだ、という思いが、リンダのうちにはある。

「ねえ、レムス」

寝室の両側の壁に扉があって、そのそれぞれが王子と王女の個人的な部屋や、次の間、着替えの間、などになっている。そちらでかるい入浴をすませ、白い夜着に着替えてきたリンダは、自分のベッドにもぐりこみながら、つくづくとうっぷんをもらした。

「大人になるのって、つまらないわねえ」

「そうだねえ」

レムスは姉よりさきに入浴して、白いパジャマと、白い三角のシルクの帽子を可愛らしくかぶってもう眠そうに布団にもぐりこんでいる。その、枕の上にちょこんと出ている少女のような可愛らしい顔を見るかぎりでは、リンダには、とうていこれが明日のパロを雄々しく背負って立つ王太子の顔には思われないのだ。リンダにはまだまだ、弟は、ほんの七、八歳の少年のようにしか見えていない。また事実、レムスにはものの考えかたや感じ方に、姉よりも少し幼いところがあるのも確かなことだった。

夜はフィリス姫とファーンとの結婚が発表された、内輪の饗宴だった。明日の夜はナリスを迎えての正式の饗宴があるが、そちらには、リンダは何の興味もないし、また、リンダとレムスは最初にちょっと顔を出して挨拶して、それで引っ込むことになるだろう。

(つまらないわ。せっかく兄さまが王宮に泊まっているのに、お話もなかなか出来ないし——みんな、兄さまとお話したがるんだもの……)

フィリス姫は、こののち、明日はベック公爵家——といってももうファーンには父母はなく、残っているのは年老いた祖父母だけなのだが——に挨拶にあがり、そのままこんどはフィリスの実家のあるマリアへと、挨拶まわりの旅に出ることになっている、ときいていた。フィリスはピンク色の華やかなドレスに身をつつみ、両肩にバラの花型のブローチでとめた白とバラ色のまざりあったすばらしいクムのレースのマントをかけて、この上もなく女らしく、むすめらしく、そして幸せそうだった、とリンダは思い出していた。

「夕食会、退屈だったわねえー」

布団を引っ張り上げながら、あえて大声で云ったのは、そのフィリスのあでやかな、しかも自分が「女であること」にすっかり満足しきっているようなすがたに、どこかで反発を感じていたのかもしれない。

「うん、そうだね」

なにごとによらずめったに姉には反抗しないことに決めているレムスは、それにもうかなり眠かったので、もごもごと答えた。

「やっぱり、あんなに早いうちから、婚約が決まってしまって――そうして、トットと、二十歳にもなるずっと前に結婚してしまうのが、王家の女性の宿命というものなのかしら。だったら、あたし、ほんとに王家の王女になんか生まれてつまらないことをしたわ」

「姉さまはそうかもしれないね」

レムスはいかにも思慮深げに答えた。

「あんたはいいわよ、あんたは男じゃない。――あんたは、その気になれば、どんな冒険にだって出てゆけるし、遠いところへ旅行にだって、なんだって、ゆけるんだわ」

「そんなおっかないところにゆきたくないよ。それに、一応ぼくは王子だし、王太子だから、そんなに行きたいところにゆけるわけじゃあないと思うよ」

「あんたは行きたくないの。あの、謎めいたノスフェラス――いつもナリス兄さまがおっしゃるじゃないの。この世で一番ふしぎなところ、それはノスフェラスだって……その手前にひろがる、死霊が棲むというルードの森……え……」

ふいに、リンダはことばをとめた。

からだのどこか奥深いところから――それともはるか遠いところから、だっただろうか。じんわりと、冷気のようなものがひろがり、そして、黒っぽい、瘴気のようなかすかないやな身震いが自分をおそうのを感じたのだ。リンダは、《予知者姫》と呼ばれ、基本的に巫女の資質のあるパロ聖王家の女性のなかでも、かなりきわだって強い巫女としての能力を潜在させている、とはずっと生まれてこのかた云われてきた。もっともターニア王妃は、「そのようなものはないほうが、幸せ」という考えをもっていたので、あえてリンダのそういう部分を、教育によって開花させようとはまだまったくしていなかったのであるが。

それでも、リンダはときたま、レムスの見ないものを見たり、レムスに聞こえないものを聞いたりするのだった。そうやって、リンダがはるかな遠くの《何か》に耳をかたむけているたびに、レムスはなんとなくぞっとして、怖いものを見るようにリンダを見つめ、「リンダ、帰ってきて。リンダ、早くここに戻ってきて」と胸の奥でつぶやいているのだった。レムスには、まったく同じときに生まれた双生児でありながら、そういう神秘的な能力はかけらもなく、自分でもまたそのこともわかっていて、そういう姉に対して、崇拝と畏怖があると同時に、つねにレムスはちょっと深刻な恐怖を抱いていたのである。

「どこかで——誰かの黄色く光る目が私たちを見つめていたわ……」

リンダは、これだけはベッドのなかでもまだ手放せないでいる、母から五歳の誕生日に貰ったもうさんざん抱きしめられて真っ黒になっているセム族の女の子をかたどった人形をぐいと狂暴なくらいに胸に抱きしめながらつぶやいた。

「そしてその光る目は——敵ではなかった。敵ではなかったけれど……なんだか、これまで私の見たこともない、新しい世界へ、私を——私とお前を連れてってしまうみたいな、そんな——そんな気がしたわ。だけど、どこかでかつて見たことのあるような——遠い夢のなかで見たのかもしれない……あれは、なんだか、知っている人の目だった……」

「そ、そのなかにぼくも入っているのかい、リンダ」

レムスは不安になって叫んだ。

「しッ、ばかね、レムス。大声を出すものじゃないわ。女官たちが飛んできたら、またあれこれと言い訳をしなくちゃならないのよ」

「そ、それはそうだけれど……何するの、リンダ」

リンダがベッドから、細い両足をそろえて跳ね起きたので、レムスは目をまるくした。

リンダは、隣の衣裳部屋に入ってゆくと、そこから、「新しく仕立て上がってきたばかり」の茶色い革で出来た、からだにぴったりと作られた頑丈な乗馬服の自分の分をもってきたのだった。そうして、それを、寝室のクロゼットのドアのとってにかけると、ほれぼれと見つめた。

「どうしたの、リンダ」

「私思っていたのよ」

自分のまとっている、じゃらじゃらとした、フリルとレースがいっぱいのかわいい夜着を見下ろして、リンダは云った。

「この服を見ているとね――なんとなく、《冒険》ということばがうかぶの。……この服を誂えていただくのに、お父様を説得するのにすごく時間がかかっちゃったわ。レムスにはともかく、女の子には必要ないだろう、っていうの。でも、私――これまで沢山お父様が作って下さったどんなドレスより、この服がいいなあと思って……実用的で、とても実用的で――これを着ていれば、どんな冒険でも乗り切れそうじゃない？　そうして、髪の毛を切ってしまえば男にだって見えそうだわ。ああ、私、どうして男の子に生まれなかったんだろう」

「そうしたら、ナリス兄さまのお嫁さんになれないんだよ、リンダ」

レムスはちょっと意地悪く云った。が、リンダが怒って突進してきたのであわてて布団のなかで首をちぢめた。

「あたしがいつ、ナリス兄さまのお嫁様になりたいなんて云ったのよ！　このばか！」

リンダは首まで真っ赤になって怒鳴った。だが、女官に聞きつけられるとさらに大変だと思ったので、ぐっとそれ以上にいいたいことをかみころして、そのかわりにレムスのプラチナ・ブロンドの頭にこつんと一発、拳をくれてやり、自分のベッドに飛び込んだ。

「さあ、もう寝なくちゃ、また女官の見廻りがきちまうわ」

リンダは云った。だが、例の革服はクロゼットのドアにかけたままで、それをほれぼれとリンダは見た。

「これを着てどんな冒険が出来るのかしら」

興奮さめやらぬままに、布団にもぐりこみながら、リンダはつぶやいた。

「どうせ、たいしたことはできやしないんだけど。――せいぜいが、小馬に乗って庭園のなかの小川を飛び越えるくらいだわ。――町に出るときには、こんな格好、絶対お父様はお許しにならないだろうし――私は女の子だから、狩りへも連れていっていただけないし……」

「それに、お父様は、狩りはお嫌いだよ。ヤヌスの祭司長たるものが、わけもない殺生をするなんて、いけないことだとおっしゃってたよ」

「それは知っててよ。だけど、おじい様のいらしたころの巻狩というのは、そりゃあ華やかなものだったというから。――こんな実用一辺倒の服じゃなく、革でもいろいろ飾りのついた服を着た貴族たちと、ドレスで着飾った上からおていさいのように革の胴着をつけた貴婦人たちが、てんでに馬をとばして、郊外の森のなかで小さなウサギや野鳥を狩りだして……犬は吠えるし、たいへんな騒ぎだったというわ。そうしてまた、そのあとの饗宴が、そのとれた獲物を使った、とても盛大なものだったのですって」

「自分でとった鳥なんてとても食べられそうもないよ、ぼくは」

レムスは眠そうな声を出した。

「ぼくはもう寝るよ、リンダ。――リンダが一晩じゅう、お話を続けていたかったら、そうしてもいいけど、ぼくは寝てしまうからね。もう目と目がくっついてしまいそうなんだ」

「あら薄情ね！　まだそんな遅い時間じゃないじゃないの」

云ったものの、実際には、リンダもひどく疲れていた。内輪のものといえど、パロの聖王家の饗宴なのだ。それは気疲れもするものであったし、またたらふく御馳走が出て、子供たちはさんざん食べたので、お腹もいっぱいであった。

「あたし――は、本当に……」

「え、何？　何かいった、リンダ？」

「何もいってないわよ。さっさと寝なさいよ、うるさい子ね」

リンダはこんどは容赦なく、哀れな弟をやっつけた。その理不尽な仕打ちにも、馴れているレムスは黙ったまま、自分の毛布を胸にかかえよせて、もう寝入ってしまったようだった。

女官がそっとノックして入ってきて、そっとあかりを消し、常夜灯のあかりだけにする気配があったので、たちまちリンダは布団にもぐりこんで目をとじ、ぐっすり眠っているふりをした。だが、リンダ自身もかなり眠かったにもかかわらず、その胸は妙にたかぶっていて、なかなかにおさまろうとしないのだった。

(あたしは興奮してる――なぜなんだろう)

リンダは人形を抱きしめたまま、不思議に思った。

(ナリス兄さまが同じ屋根の下にいられる、と思うからかしら。――それとも、新しい服だけでそんなに……いえ、いくらなんでもあたしそこまで子供じゃないわ。――でもなんだろう、あたしのなかで、何かがたぎっている――これから、何かがはじまるのだ、というような……これから、もう二度とは戻れない長い、長い旅に出るのだよ、お前は、と、運命神たる老人ヤーンがあらわれて、まがりくねった杖をふりかざして云っているような――あ……あの音は何だろう……)

ごおーん――

遠くから、うねるような、津波のような、地の底にこもったような奥深い響きをもった音が聞こえてくるような気がして、思わず、リンダはベッドの上に起きあがった。レムスはもうすっかり眠ってしまったらしい。すうすうと安らかな寝息をたてている。

(なんだろう。あの音は……津波みたいだわ……なんだかまるで――こちらにゆっくりと近づいてくる津波みたい……）

　しばらく考えていたが、リンダはやがて考えるのをやめてベッドにまたもぐりこんだ。その音の出所は、気のせいかは知らず、地の底か、天の上か、とうていこのうつし世のどこかではないように思われたのだ。

（まあいいわ……もしかしたら、明日——は饗宴だから、駄目なのかな。明後日でも、しあさってでも、ナリス兄さまが王宮におられるあいだに、つきそっていただいて、ジェニュアにいってきたらいいかもしれない。このところ気になる夢をみたり、いろんな奇妙な予兆のようなものを感じてばかりいるのですけれど、って。——ジェニュアの偉いお坊様たちなら、きっと私を安心させてくれるに違いない）

（安心？　なぜ、そんなことばが出たのだろう。——私は、何かいま、不安に思っているとでも、いうんだろうか……）

　リンダは、白い清潔なシルクの上掛けの下で、そっと自分の小さな胸を抱きしめた。それの下で、心臓が、どっどっどっどっどっ、といつになく激しい動悸を打っているのが感じられる。例のうねるような音はいったん消えていたが、そういえば、この数日、おりにふれて、あの音をきくような気がするのだとリンダは思った。

（おかしなリンダ。——不安に思うことなど何もないはず。何もかもが静かで平和だわ。——お母様は、こんどこそずっとおねだりしていた薄紫でドレスを作ってあげようといって下さった。そうね、あなたももう十五歳になるのですから、紫を着てもいいわね、ってはじめて許して下さったわ。お母様はいつだってそりゃあ紫がよくお似合いになるんだもの、あたしにとっては紫のドレスはあこがれだわ。――そう、ナリス兄さまもよく似合うんだわ、紫。――でも私はまだ子供だからとばかり云われてきたけど、フィリスを見たら……もうあと何年かすれば私だってああして……いや、それはどうでもいいんだけど……）

リンダは眠ろうと目をとじた。だがなかなかすこやかなヒプノスの眠りは訪れてきてくれなかった。

（明日は饗宴があって……その翌日にでも、ナリス兄さまにお願いしてジェニュアに遠乗りする計画をたてていただこうっと。――ああ、そう、それから、お父様のお誕生日が迫っているから、レムスとまた、何かお父様をびっくりさせる贈り物を考えたいわ。――そういえば変なリヤ大臣、きょうの内輪の晩餐会で汗ばかり拭いていたけれど――二回もグラスをひっくり返して。でもあの人はもとからそこつなんだわ。……そう、きょうの飾りつけも素晴らしかったけれど――明日のは比べものにならないでしょう。明日は公式の饗宴だもの。でもそれもすっかりすんでしまって――もしかしたらお母様が『寝られないの？　いい子たちや』といって、お手づから焼いた小さな焼き菓子を夜に持ってきてくださるかもしれない。さもなければ、宴会から持って帰ってきてくれた、すてきな細工をされたキャンディかなんか——お母様はそれはおやさしいのだから……でも、ナリス兄さまだって……そう、みんな優しいわ——あたしをとりまく人たちはみんな優しい……だから、あたしには——何も悪いことなんか、おこりっこないんだわ……」

いつしかに、リンダは、ぐっすりと寝入っていた。

そのあでやかなスミレ色の瞳はバラ色をおびたまぶたにかくされ、長いまつげが影をおとしている。あやしい夜の奇怪な物音も忘れ去られ、つややかなプラチナ・ブロンドの髪の毛を枕の上に乱して、リンダもまた、レムスと同じようにすやすやと寝入ってしまった。

そのとき、そっと扉があいた。すべりこんできたのは、ほっそりとしたからだに、銀色のガウンをまとった、ターニア王妃であった。

「もう、寝てしまったのね？——よく寝ていること」

王妃は、持ってきた、小さな花が半透明の飴のなかに花開いているきれいな香草のキャンディを、そっと、リンダの枕元と、レムスの枕元においた。

「じゃあ、これはおめざにでもおあがりなさい。——あたしの可愛い坊や、そして娘……あたしの宝物……あたしの何よりも大切なもの……」

ターニア王妃の美しい、上品な顔に、限りない、ことばでは言い尽くせないほどのいとおしみが浮かんだ。それは、まるで、彼女をあのジェニュアの有名な《聖母》の画像そのもののように見せていた。

「お前たちがすこやかに育ってくれることだけが、私の願いだわ——私の願いであり、お父様の願いでもある。——いまの平和と幸福が、いつまでも続きますように……」

王妃は、そっと身をかがめ、レムスの額に汗ではりついた髪の毛をかきあげてやって、その額に接吻した。それから、リンダにも同じようにした。双子は、どちらもぐっすりと眠っていたけれども、夢のなかでも、おしみなく注がれるゆたかな母の愛を感じ取ったかのように、どちらも同時に夢うつつのままにっこりとした。それを見ると、王妃の目には、いとおしさのあまりの涙が浮かんできたが、王妃は、そっと二人の上に祝福の印を切ると、すべるように寝室を出ていった。

「おやすみ」

優しい、ひそやかな声だけがさいごに残された。そのあとはもう、双子の王子と王女のすこやかな眠りをさまたげるものは何ひとつとしてなかった。

リンダがまだ、昨日も今日も——そして明日も、その次の日もこの幸せと平和とやすらぎとは、壊れることなく続いてゆくものだと何の疑いもなく信じていられた——それは、最後の晩だったのだった。

悪魔大祭

この「悪魔大祭」は私にとっては何だかとてもなつかしい作品です。

ごく短いものですが、好きな作品でもあります。これは雑誌「JUNE」（一九八二年九・十一月号）に掲載したものですが、畏友木原敏江さんと元々が遊び半分で、一緒にやろう、つまり私が小説を書いて木原さんがイラストを書こうではないか、という話をしていたのが瓢箪から駒が出ることになり、さらさらと（本当にさらさらと、という感じで）書いたものでした。

「グイン・サーガ」を書き始める前に私はトワイライト・サーガを書いていましたが、あの「グイン・サーガ」よりもかなり秘密めいて妖しい雰囲気というのは私のかなり好きなものです。しかし「グイン・サーガ」がしだいに健康的（といってよければ）な方向に向っていますので、しだいに魔道師たちも活躍の場が少なくなるし、大好きなおどろおどろも、頽廃も影をひそめてきて、私としてはそれもまたよいものじゃと思いつつもどうも、もうひとつ物足らない気分であったのも事実でした。

この「悪魔大祭」では、その欲求不満を解消するが如く、また徹底的に耽美し、かつ頽廃し、かつまた怪奇しております。本来私の考えるに耽美とか怪奇というのは物語には向かないので、本質的にそれは短篇の世界のものなのです。

この作のなかでは私はまったく意識的に文体を擬古典のものに統一しました。実を云うと根が芝居がかったところのある私の気質にとって、文体というものは芝居で与えられた役のようなものなのです。ハードボイルドの文体で書き始めると顔つきが北方謙三してくるし、時代ものを書く時になるとなんとなく私は池波正太郎ですわ、という気になって着物を着たりする。その文体ははっきりしていればいるほど役にはまりやすいので、私にとってはこういう擬古文的文体で短篇の耽美怪奇ヒロイックファンタジーを書くというのは実にたわやすい作業です。たやすすぎて、多少気がとがめるほどです。文体を設定した瞬間に気分はもうクラーク・アシュトン・スミスなのです。――そういえば、この作でなんとなく意識していたのは「魔術師の帝国」です。私はハワードがこよなく好きであると同時に、E・R・バローズが好きでたまらず、そしてまたたしかにクラーク・アシュトン・スミスにもラヴクラフトにも強くひかれる人間なのです。そしてまた筒井康隆にも山手樹一郎にもね。（ほとんど分裂症……）

そんなわけで、これはとても楽しんで書いた作品でした。うまく云えないのですが、短篇を決して嫌いなわけではないのです。短篇を書くときはとてもリラックスできるし、いろいろな風景を見られるので。ことに「グイン・サーガ」みたいな三十年がかりの大仕事にかかっているとき、こういう気ばらしはいいものです。またやってみてもいいな、と思ったりしています。

その昔、中原《ちゅうげん》にいつのころからか、パロの闇王朝と呼ばれる王国があった。

かつて三国時代の昔、勇猛のゴーラ、北の大国ケイロニアと中原の覇《は》をめぐりしのぎをけずった国でもあるこの闇王朝であったが、何百年、何千年を経るよりも、人々の心からは、他のすべての国びとと同じく、神聖なる双面神ジェイナスをたっとび重んじる、敬虔《けいけん》の心はとうに消えはて、黒魔術といかがわしい悪魔崇拝とが、昔ながらの素朴な信仰にとってかわって人々の心を惑わす座を占め、そして闇王朝はいまや中原全土にすら、もっとも腐敗した頽廃王国の名をほしいままに魔神ドールへのおぞましい親しみをもって君臨した。

この物語は、その頽廃の闇王国の、さいごの時期にさまざまのあやしい伝承やうわさもろとも人々の記憶にとどめられた物語である。

＊

その年は蛇の年であった。黒の月に恒例の大声にその名を口にすることはできぬ悪魔大祭が行われるとて、たくさんの人びとが、夏をめざし、闇王国の呪われた都イシュタルテーへとやって来た。巡礼、占師、娼婦、男娼、盗賊、ごろつき、魔術師、あきんど。その中に、あやしく黒い悩ましい目をした、吟遊詩人のすがたの若者アルマンドがいた。

アルマンドはリュートを背負い、光の下では黒く輝くくせに、闇のなかでは猫の金色に光るアンズ型の目と、そして黒くも金色にも赤にも、見るものの望むその色にかがやくみごとな髪をみせて、イシュタルテーの城市に入った。美しいアルマンドにはたちまち買手がついた。三十ランクールで、邸へきて、枕元に侍り、いとわしい交わりの歌をうたうようにと声をかけたのは、貴婦人の淫蕩《いんとう》なメルリイネである。しかしメルリイネの誘いは、アルマンドの無礼な拒絶にあった。

「己《おれ》はお前のような卑しい者に購《あがな》えるほど廉価ではない」というのがアルマンドの言葉だった。

「大口を叩く吟遊詩人め、妾《わらわ》は闇王国の夜の王、ドルス・ドリアヌス殿下の一の気に入りメルリイネ伯爵夫人ぞ。この妾に購えぬほど、そのような高価な男が世に存在するというのか？　一体、お前は、おのれにいかなる値をつけるのだ」

「己か、己はな——」

アルマンドが耳もとにささやいた、そのひと言を聞くなり、メルリイネ伯爵夫人は悲鳴をあげて倒れ、奴隷に運び去られた。

一町とは歩まぬうちに再びアルマンドに声をかけるものがあった。富裕な商人のアフリカヌスである。その美しい若者を、百ランクールと三枚のみごとな銀織でもって一夜意の儘《まま》にしようという、商人の申し出も、アルマンドのささやく代価のまえにたやすくくじけ、商人は逃げ去った。

かくて、メルリイネとアフリカヌスを拒んだ男がいるという話は、イシュタルテーの城砦に伝わり、うわさはうわさを呼び、人々は、彼が自らの美しく若い肉体《からだ》の代償にもとめるものは、この世の秘宝、ふれれば王に生まれつかざる者のすべては石と化すという、イリスの石にたがいないとささやきあった。中にはアルマンドのおろかさを嗤《わら》うものもあったが、既に頽廃に血潮までもむしばまれた、イシュタルテーの貴族や神官は、イリスの石をあえて希《のぞ》むに足るほどに、つよくあざやかな快楽《けらく》を、その一人の若者が秘めているのにちがいないと、アルマンドへの好奇心をつのらせた。居酒屋でアルマンドが、神の声と神の手でうたい語り、いあわせたもののすべてを腑抜《ふぬ》けにしたと、その新たなうわさがいっそう、それを煽《あお》りたてた。

アルマンドは宿をとり、歌を乞われれば天上のひばりのようにうるわしく歌いきかせたが、決してその代価をうけとろうとはしなかった。彼はこう云うのが常であった——

「どうかそのお金は、猫神アクメットの神殿にお納め下さい。私は故あってアクメットに百日満願の行をかけ、一日に十の歌を、アクメットに奉納しなくてはならないのです」

アクメットが快楽と嗜虐《しぎやく》をつかさどる、魔神第一の使徒であるところから、イリスの石とひきかえに、アクメットの快楽をかれはその身にそなえたのだとうわさが立ち、いよいよ彼のつつましい宿を訪れ一夜を懇願するものは、ひきもきらなかった。

はじめ、商人や淫蕩女、高名な娼婦や、男女交合図を彫る芸術家、珍しい物好きの、若い金持ちやいやしい貴族であったものが、やがて高名な貴族やラングトの蛙神の神官となり、ジェッダイの僧侶となり、ついにはドール神殿の「闇の司祭」どもとさえなってゆくのに、そう日はかからなかった。しかし傲慢《ごうまん》にもアルマンドはそのすべてを拒絶した。もはや彼は、メルリイネを失神させ、アフリカヌスを逃げ出させた、秘密の代価をささやくことさえもしなかった。彼は彼の代価がイリスの石であるといううわさの跳梁《ちょうりょう》するにまかせ、ただ黙って、えんぜんと微笑んでいた。宿のせまい彼の部屋は、彼との一夜を希む人々からの、みごとな布や毛皮や宝石、世にも珍しいサルジナの火酒、大昔の銅鏡や神効があるとされるダネイレアの蛇の皮、その他ありとあらゆる貢ぎ物で埋まり、それのみか黒ん坊の奴隷や愛らしい半人半獣の愛玩物イーフーまでも捧げられた。

彼はもはや、どこへゆくにも一歩の地面すら踏まなくてよかった。彼の崇拝者が彼の足もとに、一歩ごとに手をさしのべ、踏まれることを願い、うるわしい布をしきつめて彼の足に接吻したからである。また彼は、もはや彼の崇拝者を断らなくてよかった。他の崇拝者たちが、自らの得られぬ快楽を、他のものが得てはと、そねみ、ねたんで、それらを追い払ったからである。

ジェッダイの僧官は、彼の愛撫の代償に、古き物たちの呪わしい知恵のすべてを描いた魔本『無名祭祀書』を提供すると云い、拒まれると、ラン・テゴスの呪い彼にあれと呟いて、火の砂を彼の室のまえに撒いて帰っていった。ドール神殿の「闇の司祭」たちはもっと、自らのあった拒絶を信じなかった。かれらはようやく、それが信じられると、かれらの神が侮辱されたと叫びながら、ドールの御子《みこ》と呼ばれる帝王、夜のように黒い、ドルス・ドリアヌスのイシュタルテーの宮殿へかけこみ訴えした。

かくて、その吟遊詩人の存在は、ドルス・ドリアヌスの知るところとなったのである。

＊

《闇の王》は、アルマンドに関するドールの司祭たちの訴えを、きくより早く、ジラフスの宿に使者を出せと命じた。王は、己れこそ、吟遊詩人をしたがわせるに足る、唯一の力の持主と信じた。彼は云った。

「己《おれ》はドールの御子、闇の王だ。されば、男は、己にならば、黙ってその身をゆだねるに違いない。また己はナントの遊び女からアルセイスの蔭間《かげま》、イシュタルの巫女《みこ》を力ずくで凌辱することまで、およそこの世のありとあらゆる快楽《けらく》を味わいつくしたと自ら恃《たの》んでいる。果たしてその男の快楽《けらく》が己のこれまで知らぬものであるか、己はそれを知らねばならぬ」

かくて黒き鎧の兵士の一団がジラフスの宿に走り、若きアルマンドは錦をふみにじられ、絹をひきむしられ、全裸で王のイシュタルテーの黒死宮殿に、玉座の前にひきすえられた。王はその目に水晶をあててアルマンドを眺め、そして云った。

「己は『闇の司祭』の一人の唇《くち》より、お前がもえるルアーの髪とすばらしい夜の目をもつときいた。またメルリイネ伯爵夫人は口ごもりつつ、お前がゆたかなあやしい丈なす黒髪と、アクメットの緑の瞳をもつと証言した。そして誠実なる儂《わし》の奴隷はお前を純白の白子だという。何ということだ。儂にはお前はまばゆい純金の髪、輝く青の瞳《め》をもってうつる。詩人よ、お前は魔なのか、さては己以外の全ての者の目は節穴なのか」

「その何方《どちら》でもない。己は全ての人一人一人の希みそれ自体の形なのだ。それゆえ己は誰の物にもならぬ」

アルマンドは静かにこたえた。王はにんまりと笑い、うたえと命じた。リュートもたず、うしろ手に縛られ、全裸のアルマンドは王に捧げる歌をうたった。

「お前の声は実に素晴しい」

うたい了ると、王は云い、手ずから彼にみごとなスガルの首飾りをかけてやった。

「では儂をたたえよ。儂はドールの御子である」

アルマンドは屈辱に頬をあからめて、王の足さきに接吻した。王は彼に、すきとおるうすものを与えた。女官たちがアルマンドのまぶたをエメラルドを砕いた粉で緑いろにそめ、うるわしいイシュタルテーの衣服でよそおわせた。アルマンドは世にも美しい貴婦人と化して縛られたまま立っていた。宮廷に居並ぶ宦官、重臣、女官たちの讃嘆も、真珠をかけられた彼の耳にはとどかなかった。

「お前はたった一人を除き、己のこれまでみた、どんな人間より美しい」

ついにドルス・ドリアヌスは叫び、我を忘れてアルマンドにかけよった。

「ではお前は、今宵、儂の寝所に侍り、そしてしばらく、儂の最も愛玩する宝玉となるがいい。お前は誰の物にもならぬそうだが、己はこのイシュタルテーの帝王にして、ドールの子だ。己こそは、お前の待っていた者だ」

これをきくと麗人は顔をのけぞらせて嗤いだした。

「笑ってはならぬ」

皇帝は云った。アルマンドは云った。

「憫《あわ》れなドールの私生児よ、思い上りをすてるがよい。己はこのイシュタルテーの、全ての富をもってしてすらそなたごときに購うことはできぬ。たとえイシュタルテーに、この城市そのものを埋めつくすに足るだけの黄金、星光石、スガル、紅玉、緑玉があるとしてもだ。無駄なこころみはやめ、己を宿へかえすがよい」

アルマンドがこういい放つなり、両側に居並ぶ貴族、宦官どもの中から、絹を裂く悲鳴がきこえ、再び恐怖のあまり気を失ったメルリイネが奴隷によって運び去られた。

しかし皇帝は激怒をおさえ、なお数回、与えるものをつりあげようとした。この闇王国そのものとすら、ひきかえに一回の接吻も与えることを麗人が拒んだとき、王の欲望は、憎しみにかわった。

「では此奴《こやつ》に狼尾の鞭をやるがよい。牙を二列に植えたのを」

兵士がアルマンドの四肢をおさえ、宦官が二列に牙を植えこんだ二叉の狼尾の鞭でアルマンドを打った。アルマンドの絹の服は破れ、鞭は肌を破り、血を流した。しかしアルマンドは肯《がえ》んじなかった。

「此奴を吊るして木の枝で打ちすえよ」

王が命じた。饗宴の席がもうけられ、宦官たちはざわめきつつ、おぞましい見世物の予感にうち興じて杯をあげた。饗宴の席のまんなかで、再び下帯だけにひき剝がれた吟遊詩人はたかだかと木から吊るされ、手首を上に重ね、乱れかかる髪もしなやかな樺の

枝でうちすえる淫奔な宮廷女たちから、彼を守りはしなかった。

彼の肌がまったき皮膚のないまでに叩き破られ、流れおちる血が王の杯をみたしたとき、王は三たびたずねた。

勇敢にも詩人は拒絶した。王の中にドールの血がめざめ、王は杖をとって、巨大なフリアンティアの黒人奴隷をそこにつれてくるよう命じた。

「ではお前の快楽《けらく》は、この卑しい邪神のしもべにふみにじられ汚されるがいい。それも皆の前でだ。そうすれば、もはや誰もお前を購うに、一ランクール貨すらも投げ与えようとはせぬだろう」

「やってみるがいい。己の快楽はその意志が与えるもの。己が希まずば、一滴の快楽も存在しはせぬ」

「かもしれぬ、だが、恥辱と苦痛とは己の意志が与えるのだ」

王は云った。

かくて地獄の饗宴がはじめられた。

＊

雷鳴がとどろきはじめ、夜半より激しくなりまさる雨がイシュタルテーの城市を濡らした。青白い稲光が大地を切り裂き、石づくりの都市《まち》をひきさくと、人々はおののきふるえ、ダゴンの名を呼んだ。いなずまはイシュタルテーの王の宮殿をはためく白にそめあげた。

若者の呻き声と悲鳴はとどろく雷鳴に消された。黒い巨大なドールの使者がいくたびとなく若者の上をかけぬけ、吟遊詩人は血を流した。上からバラの香料入りのワインと花びらとを入れた水とがそそぎかけられて、陰惨な快楽に酔いしれる宦官と貴族どもをぬらした。グラックの馬のかけぬけるひづめの音は、いつまでたってもやむ気配がなく、すべてのろうそくは燃えつき、すべての列席者たちは互いにからみあい、或いはたおやかなニルギリの奴隷少年たちを抱きよせて、黒弥撒《くろみさ》のいけにえの祭壇の周りにもつれ倒れた。

ひっきりなしにたかれる黒蓮《ブラック・ロータス》の煙がいとわしい血の匂いとまじりあった。黒きガネーシャの屈強の兵士たちに犯されたあとで、ついにいけにえは弱々しく手をさしのべ、やめてくれるようにと王に懇願した。

「では己の物になるというのだな」

勝ち誇って王は叫び、ぼろぎれのようによこたわる犠牲者を見おろした。

「いかにもお前のものになろう。未来永劫お前の物に。だからもう、この責苦をやめさせてくれ」

「己は云ったはずだ。ガネーシャの兵士どもにむさぼりくらわれたあとで、まだお前を購うために一ランクール貨をでも出すものがいるものか、となJ」

王は残忍な復讐の喜びを味わいつつ云った。

「お前はもはや、アガペーのもっともいやしい娼婦よりもいやしいのだ。ガネーシャの奴隷兵士どもに、よってたかってはずかしめられた、お前はもはやイシュタルテーの市民の前にその美と魅力を誇る資格はないのだ。

とはいうものの――」

王は血で汚れた円の中に入り、若者の顎をつかんで顔をあげさせた。そして王は目を瞠《みは》った。一瞬、その目が、金色にそして虹彩というものをまったく欠いて目にうつったからである。が、まばたきして見直したとき、すでに王の目にうつるものは、責苦と凌辱にもうろうとなったうつろな青い目にすぎなかった。

「とはいうもののお前はこのまま魔窟を這いずりまわるいやしい虫けらとするにはやはりあまりに美しい。そしてお前は私のものになると云った。約束どおりお前の快楽《けらく》を己に与えるがいい。さすれば己はお前を宮殿に飼う美しい人犬にしてやろう」

アルマンドは頬に乱れかかる髪を打ち払い、なおも抗《あらが》いたいかのそぶりをみせた。しかし、それ以上抗う気力はもはや彼には残っていなかった。

「好きにするがよい」

かわいたくちびるでそれだけ云うなり、彼は気を失って倒れた。王はあやしい嗜虐の欲にねばりつく瞳でかれを見おろした。

「此奴に鎖をはめるがよい。そののちに己は皆の者に此奴が、高慢な詩人が己の物になるところを見せてやろう」

王は宣し、呪われたイシュタルテーの人々は喝采し杯をあげた。

悲鳴と血の匂いにみたされた一夜が明けたとき、王城にかけつけた長老が、都の守護神たる丘の上のアララトの大木、三千年から生きてきたアララトの大木が、一夜の落雷により真二つに裂けて死んだことを告げた。

＊

王は新しい奴隷を従えてバルコニーに立っていた。

「見るがいい」

彼は手にした杖をあげ、イシュタルテーの町をさし示した。

「あの煙を。あと三日、黒の月の訪れとともに、ドールの神殿が開かれ、悪魔大祭がはじまるのだ」

アルマンドは何もいわなかった。彼は裸の肌をかくすかわりにもっとくっきりとうき出させてみせるうすもの一枚をきせられ、首に犬の首輪をはめられて、もはやその唇はうたわず、その目は輝かなかった。

「悪魔大祭、それは百年に一度のおそるべき祭なのだ。それは世のつねの祭のように、明らかにされたまつりではない。それは月もないぬば玉の闇の中で行なわれる。人々はそのドールの十日間のあいだ、どのような悪徳をつくしてもよく、もっとも卑しい奴隷が貴婦人をはずかしめることも、あるいは日ごろ恨みにおもうあいてをあやめることも、すべてドールの名においてゆるされる。なぜならドールは流血と背徳、おぞましい裏切と倒錯の守護神であるからだ。そしてドールの十日間のさいごの一夜、ドールその人がこのイシュタルテーにあらわれる。ぬば玉の闇の中で、人々はドールにその最も大切にするものを捧げるのだ。あやしい、いとわしい、ひそかなのぞみをかなえるために」

王は緋のマントをひるがえし、美しく頽廃しはてた魔都をうっとりと見つめた。

「お前はもはや人ではない。己がそうしたいと思えば、お前の舌をぬき、咽喉をつぶしてしまえばよい。だからお前には話してきかせようが、己は実は百年に一度のこの大祭のため、ある特別なもよおしをもくろんでいる。巨大なかがり火をな。己の最も大切なもの……」

王の目があやしくぎろついた。が、王は笑って他のことを云った。

「どうだ。ドールの闇がイシュタルテーにおちるそのときから、ここではすべてが力、ただそれだけになる。身を守る力があれば何をしてもよく、その力がなくば殺される。それだけの話だ。——お前はその中でどうなると思う?——鎖にいましめられ、剣ひとすじ帯びてはおらぬ。すべての人々のあつい欲望にねばつく瞳《め》がお前を見つめていることが、こうしてお前をひきまわしているだけで己には解る。だからこそまたこうしてお前が己の物だと、人々に見せてくれるのが楽しくて堪らぬ――が……。奴隷よ。ドールの夜の中で、お前はどのような目にあうか解るか」

詩人は黙っていた。すでに彼は十分に蹂躙《じゅうりん》されていた。ことばすら失ったとしてもふしぎはないほどに。――イシュタルテーの王は通常の快楽のすべてに倦《う》みつくし、飽きはてたその感覚に、新鮮さをよみがえらせる、ありとあらゆる残虐な狂った手段に心をとられていた。王が話してきかせる、おぞましい光景を、詩人は黙ってきいていた。それが王の気まぐれな怒りをかった。

「貴様は己の云うことを信じておらんのだな」

王は云った。

「己がすると云ったことは、必ずする人間であることを、いま一度その体で覚えこむがよい」

＊

一刻の後、血まみれで、息もたえだえに石の寝台によこたわる若者のもとに、被衣《かつぎ》をかぶり、こっそりと訪れてきた一人の女がいた。

「わたくしですわ」

女は云い、被衣をとった。すると、淫蕩な貴婦人メルリイネの顔がそこにあらわれた。

「助けに来たのです。さあもうかつてそなたの云った、恐しい野望はすて、ここを妾と一緒に逃げましょう。このままでは王の気まぐれに弄《なぶ》り殺されるばかりで……、しかもまもなく悪魔大祭が始まる。全てのものが生贄をもとめて荒れまわる――たぶん王は、そなたをあの恐しい、最も恐しい運命――ドールへの生贄として考えているのに違いない。おお恐しい。人の知で考え及ぶこともできぬような恐しい運命……。だからさあ、妾と一緒に。大祭の始まる前にこの呪われた都を出るのです。もう、馬も、身をやつす女の服も用意してありますゆえ」

「メルリイネよ」

かすんだ声で、ようやく、若者は云った。

「その気持ちは受けようが、己にはどうしてもここでせねばならぬことがある。それゆえどのような仕打にも耐えねばならぬ。己を放っておいて、行くがよい」

「そなたは、では、まだ考えをかえておらぬのか」

おどろきのあまり、メルリイネは手をもみしぼりながら叫んでしまった。

「猫の王女を手に入れようなどという、世にもばかげた、世にも冒瀆《ぼうとく》にみちた、世にも恐しい希みを、これほどまではずかしめられ、いたぶられ、ふみにじられてもすててらぬのか。何という――」

「詩人とはそうしたもの、賢者の石をもとめ世界をこえるもの」

　アルマンドは昂然として答えた。

「夫人よ、室に戻るがいい、さもなくば衛兵がおぬしを見つけ、騒ぎになろう」

「いや」

　重々しい声、そして、恐しい突然の雷のような恐怖がかれらの上におちかかった。

「もう遅い。己は全てをきいて了ったぞ」

　メルリイネが魂切る悲鳴をあげてその場に倒れた。そこには王が立っていた。

「猫の王女」

　王は瞑想的な声音になって呟いた。

「猫の王女か！　して詩人よ、お前は誰からその名をきいた。また、その者がなんであるのか知っておるのか。答えよ！」

「猫の王女の名なら誰でも知っている」

　詩人は唇まで色青ざめて答えた。

「それこそがこの闇王朝に、今日の繁栄をもたらしているみなもとだという。しかしそれが人なのか宝なのか、そもそも何であるのかさえ、知るものはない」

「なるほど、そして、貴様は自らの力とひきかえに、それではこの王朝の生ける守護神をかいま見ようともくろんだわけだな。あわよくばそれを手に入れ、おのれこそこのドルス・ドリアヌスにとってかわろうと」

「そんな現世の栄華が、なにゆえ詩人の興味をひくものか。己が希むのは猫の王女を見、それが何物なのか知ること。ただそれだけでしかない」

「そうか」

王はしばらく考えるかにみえた。

が、やがてその唇に、残忍な悪魔的な笑みがのぼって来て、何やら常軌を逸した考えが、その常軌を逸した心にうかびあがってきたことを告げたのである。

「よかろう」

ついに王ドルス・ドリアヌスは云った。

「お前に猫の王女をみせてやろうではないか。猫の王女は己にとっては一番の愛玩物、秘蔵の宝物だ。しかしお前も己にとり、なかなか心なぐさむ新たな珍宝だ。見せてやるゆえ、その代りに、ドール祭にて特別の役割をつとめると誓約するがよい」

「いけない。それは罠――」

倒れていたメルリイネが叫びかける。その口を王は剣の先で左右にかき切った。苦悶の形相でこときれるのを待ちもせず、

「その女めの死骸をつるせ。それが腐り、死臭が都城にみちみちるとき、人々はそれが

蛇の年、黒の月のドール大祭のはじまりを告げると知るだろう」

　云うと王は詩人に向き直った。

「ドール大祭のはじまりの夜にお前を猫の王女に逢わせてやろう。但し、その一日が、お前にとっては今生の別れになるかもしれぬがよいのだな」

「この王朝の安泰を保つふしぎな力のみなもとを、ひと目なりと知ることができるのならば」

「誓約すると云うのだな」

「いかにも誓約しよう」

　アルマンドの云った途端――

　いままさに、運び去られようとしていたメルリイネの死骸が、カッとその死んだ双眼を見開いた。それと同時に、不思議にも、それまで青く晴れていた天地に俄《にわ》かの雷鳴と豪雨とが叩きつけ、イシュタルテー全市を闇の中にとざしてしまった。

　ガネーシャの兵士たちですら恐れおののいていた。しかし王は大声の哄笑《こうしょう》をひびかせつつ、雷鳴に青白く照らされ、足もとに美しい血まみれの奴隷と、カッと目を見開いたまま耳まで裂かれた口があたかもあやしい半月形の笑みのようにも見える、メルリイネ伯爵夫人のむくろを見おろして、風に髪なびかせ、マントをはためかせて立ちつくしていたのである。王はもろ手をあげ宙にさしのべた。

「ドールよ、わが闇の王国に来よ」

彼は叫んだ。

「悪魔大祭がはじまる。我王国は御身のものぞ。そして我もまた、最も大切なものを御身に捧げよう。われには大いなる野望があるのだ」

＊

かくて悪魔大祭ははじめられた。

市中にはあやしきキタイの刺客、クムのいとわしい娼婦、針で目をつぶされたガネーシャの歌姫、そして黒衣のあやしげな僧、易者、卜者《ぼくしゃ》たちがみちみちた。心にいまわしい望みを抱くものすべてがイシュタルテーにやって来た。そこでは悪魔大祭のあいだのみ、どのような悪徳も背徳もゆるされたからである。いっぽうまた、星のような目のミロクの高僧たちも、この呪われた祭とたたかい、ひとびとの心を救うべく、はるばるとイシュタルテーにやってきた。しかしひとびとは、かれらの説教をあざ嗤った。

そして三日目の朝、イシュタルテーのすべての城門は、ぴったりと大かんぬきでとざされた。もはや、大祭のおわるまでの間、何人も、このドールの城市へ、入ることも、出ることもかなわぬのであった。

かつては美姫であったものの腐りはてたうつろなむくろが、たかだかと宮殿の前につるされた。不吉なガルム鳥が黒いすがたをみせ、たちまちそれにむらがり、腐りとけた肉や眼窩をついばんだ。人々はそれを見て笑い興じ胸ふるわせた。すでに一片の善良さをも、信心をももつものは城門のとざされるまでに、波のひくようにイシュタルテーを逃れ去っていたので、いまやそこにのこるものは、おぞましくもあやしい、ドールに心奪われ、その耳にひそかな希みをささやこうとするものばかりであったのである。

たかだかとラッパが吹き鳴らされ、宮殿の戸が開いた。

バルコニーにあらわれた王は合図をした。集まった人々はどよめいた。兵士たちにつきとばされ、王の足もとに倒れたのは吟遊詩人アルマンド、変りはてたすがたのアルマンドであった。彼は細縄で縛られていたが、そのあやしく美しかった両眼はとざされたまま、その眼球はえぐりとられていた。まぶたのあわいから流れおちる血が、若者の顔とあらわな胸に大理石の模様を描いた。しかし、両眼をえぐりとられながら、詩人の顔はふしぎにも明るく光にみちていた。

「見たぞ」

彼は叫んだ。

「己は見た。己は猫の王女を見たぞ」

「それを見た目はこれだ」

王は云い、その手をひらいた。手のひらには、二個の青い宝石が血にまみれ乗っていた。

「この目をドールに捧げよう」

王はそれをドールの火に投じた。とたんに詠唱がおこり、闇がイシュタルテーを支配した。

「己は見た」

なおも詩人は叫びつづけた。王が手をあげると、兵士たちはやっとこでその舌をひきぬいた。

「それを語る舌をドールに。そして、この若く美しい快楽の神をこの大祭の最初のいけにえとして捧げるのだ」

王は云い、血まみれのアルマンドの目にくちづけ、その血をすすった。

詩人はたかだかと十字架にかけられてドール神殿の前の聖なる広場にさらされた。もはや彼はなかば死んだようにみえた。がっくりと首うなだれ、苦しむようすもなかった。彼と並べていくつものいけにえの十字架がさらされた。

ドールをあがめたたえる饗宴がはじまり、人々は失われたルアーの光のかわりに、あかあかと天までもこがすかがり火をたいて、それに赤鬼のような顔をうつした。女たち、若い美しい男たちは犯され、力あるものは殺し、力のないものは殺された。略奪と凶行がいたるところで行われ、悲鳴と断末魔の叫びはイシュタルテーにみちみちた。石畳の上を血と葡萄酒は河なして流れ、生首や皮をはがれたむくろが山のようにつみあげられた。人々はドールを叫び、わが希みを叶えよと叫んだ。

（ドールよ、あらわれ出よ）

（ドールよ、わが前に姿をみせよ）

（ドールよ）

（悪魔ドールよ）

すべての民が自らの血で署名し、自らの魂を、売りわたしたがっていた。それほどまでにかれらは何ものかをのぞんでいたのである――ある人の死や、金や、そしてまた女の心を。逃げかくれることはできなかった。人々の目は血走り、顔はあぶらぎってぎらぎら光り、赤い地獄のかがりに照らされた。死体がその、巨大なかがりに投げこまれると、一瞬ドールの火は青緑に美しくもえあがり、さながらこの地上をドールのすまいする黄泉そのものがたちあらわれたかとみせた。

そのなかで、アルマンドたち、いけにえは十字架にかかったまま、まだ微かに呼吸していた。

一人のその傷のいたみを思いやる市民もなく、一掬《いっきく》の死者と生者のための涙も流されることはなかった。かれらは、まさしく、ドールの国びとの名にふさわしかるべき者等であったのである。

ドールの数である九日間のあいだ、ありとあらゆる背徳が犯しつくされ、その間にイシュタルテーの人口は三分の一にまでも減ってしまった。酒樽より血の色の酒は流れ、血は酒のように流れた。もはや地上に生きて自らの足で立っているのは、人殺しとごろつきと娼婦とただそれだけであった。ドールの司祭どもすら殺戮と流血にうみはて、一夜の暗殺者の影に脅やかされることなき眠りを欲した。すべての者の手が血塗られ、すべての心が狂いはてていた。

かくて、ドルス・ドリアヌスは、頃やよしと判断したのである。

その叫びが最初におこったのは、西大門の内側であった。

「火だ」

「助けてくれ」

「ドールの災厄だあ」

はじめ小さかった叫びがただちに全市にひろがり、そしてついにはイシュタルテー全市をおしつつむ巨大な悲鳴と怒号となっていた。ドルス・ドリアヌスの兵士は、しめきった城市の中に松明の火を放ったのである。

「生きながら焼き殺される！」

「イシュタルテーの最後だ。もはや何ぴとも逃れられぬ」

「ドールの審判が下るのだ」

悲鳴と哀訴にまじって、国王の黒き兵たちのシルエットが、火矢を手にしてかけまわっていた、という話がささやかれた。イシュタルテーの市民たちですらあかあかともえる火をうしろにしてはなすすべを知らず、ただ必死に逃げまどうばかりだった。ドールの名にまじって、ジェイナスの名が叫ばれ、とうとうミロクの名すら呼ばれ、しかし火はひたすら激しくなりまさった。

もはや城市はま昼の明るさの中にあった。黄金《きん》色と茜色の火の粉は雨と降りしきり、その中でさながら火焔の精に似て黒く人々は踊りくるい燃えつきる。ついにかれらはイシュタルテーの皇帝を呪い、凶々しき悪魔の名をよび、倒れ伏して黒焦げの骸をさらした。

そのとき王は宮殿の赤き死のバルコニーに立ち、狂った歓喜の眸に燃えるわが王国を見下していた。右手には玉杯をかかげ、ガネーシャの黒き兵士どもにとりかこまれて。その目は赤くイシュタルテーの滅びの炎をうつし、その唇は寵妃の血にぬれていた。王は哄笑しつづけていた。

「見るがいい、ドールよ。わがまことの父よ、地の底か、はたまた天空か、いずれにあるかは知らぬが見るがよい、汝が都イシュタルテーの燃えつきるさまを」

王は叫んだ。

「きさまの司祭ども、神殿、ジェッダイの呪われた売僧《まいす》ども、豚ども――すべて松明となってよく燃えておるわ。どうだ、我をこの世に生み出した父よ。これが己の、きさまへの貢物、捧げる生贄だ。不足とは云うまい。この華麗に美しいイシュタルテー、己の王国、それが捧げ物なのだからな。そうだ、そして己はこの一度《ひとた》び限りの贈物と引換えに、どうしてもきさまにその希みを叶えて欲しいのだ。この胸の内のたったひとつの希みを！」

「して」

兵士の一人がたずねた。

「それまで思いこんだ、王の願いとは一体——？」

「もはやイシュタルテーは燃えている」

王は笑った。

「もう云ったとてはばかることもあるまい。ならばこれまで胸中に秘しかくした、わがまことの希みというをときあかそう、者共よ。——それは、世界をわが手におさめることとでもなければ、この世の美姫を手中におさめることでもない。また、世に二つとないでもない。己の希みは——」

王は胸をおさえよろめいた。鈍い痛みがその身をつらぬいた。

「己の身はいまわしい不治の病に冒されている。己はもはや自らが長くはないことを知っている」

王は呻き、口を袖で押え、ガッと血を吐いた。

「己は一生の間自らののぞむすべてのことをし、すべての悪業と快楽《けらく》に身を灼いた。おおドールよ、何ということだ。何人もが、ありとあらゆるのぞみを欲望を叶えつくしたと羨むこの己がいま、百年に一度《ひとた》びの悪魔大祭にあたり国とひきかえにでもと熱望することが、このいとわしい病んだ我身をそれでも永らえたい、ただそれのみであるとは。己の治世に一度《ひとた》びきりしか巡りこぬこのドールの祭にあたり」

王はしばしことばもなくおのれの王国を眺めていた。もはやそれは炎の海の内にあった。

「何と云われようとも、何とそしられようと」

王は云った。

「それでも己は生きたい。永らえたい。すべての悪徳を味わいつくし、肉のあらゆる交りに倦んだ己、しかしそれでも己れは死にたくない。急いでくれ、ドールよ。己れはもはや長くはもたぬ。これまでも呪うべき麻薬の力により、辛うじて身を保ってきたこの己なのだ。己に力を――おお、イシュタルテー、その美しい都を捧げたてまつる。み心に叶うのならばこのみつぎ物をとり、そしてわが希みを――ドールの夜にこそ……」

世界はしずまり返り――。

ただその《世界の悪徳の都》をくらう、あかあかとあでやかな炎の色だけが王の祈念をさまたげた。ガネーシャの兵士たちですら槍をなげすて、恐怖にかられ、頭をおおって、地の底からあらわれ出る悪魔を待った。

「すべての快楽も罪もむなしい。いかなる嗜虐も残酷な仕打ちも己の心の空虚を満たしてはくれぬ」

王はひとり朗々と叫びつづけた。

「己は生きたい。人々にあれほど恐怖たる死を賜い、いまはや全市を灰にせんとするこの己が、おのが生永かれとのみのぞむことを嗤うのは生に限りあるを知らぬ者。限りある生なればこそ、己は、生きたい。永遠に生きたい。空漠の内に生きる方が、快楽に身をこがし迫る死をごまかすよりどれほどよいことだろう。ドールよ、力を。わが捧げ物をとり給え。ドールよ、ドールよ……」

王は顔をそらせ、大声でルーンの文字を呼ばわった。大地は鳴動し、炎は渦を巻き、世界は青白くそまった。何かおそるべき変事のしるしに、人々はふるえおののき、狂い死にに炎の中へ身を投じた。すべての者がイシュタルテーの最後を知った。

「ドールよ！」

そのとき——

それは聞こえてきたのである。

＊

〝王よ〟

その声は、どこからひびくともなく全市、炎の中のイシュタルテーに轟いたのだった。

〝我は此処にいる。われはおぬしの祈りをきいた〟

「ドールよ！　わが父なる悪魔神よ！」

王は手をさしのべ、王冠とマントをかなぐりすてて叫んだ。兵士たちは金切り声をあげ、ついに狂乱してつぎつぎに王宮を去り出、炎の市街へかけこんでいった。いまや王は独りきりであった。

「わが希みを叶えたまうか。わが前に姿を――おお、姿をみせたまえ。ドールよ。わがまことの父よ！――」

〝われは此処にいる〟

ふしぎな声がくりかえした。そのとき生きのこった誰かがドール神殿を指さして叫んだ。

「見るがいい。いけにえが……」

「おお、死骸がよみがえる……」

既に、生き残った者の目にさえ、すべての正気と理性の光は失われ、かれらはせまりくる炎にあおられつつ呆然と指さすかたを見つめていた。

その中で、十字架にかけられた死者は顔をあげ、そのくりぬかれた双眼をカッと見開いた。おお、この目は、瞳なき黄金《きん》色にみたされ、その髪は何色とも知れぬ炎の青海の真紅、太陽の漆黒にきらめき逆立ち渦巻いて全市を包んだ！

「きさまは——きさまは詩人アルマンドか！　黄泉から迷って出たのか。さてはきさまは、吟遊詩人ではなかったのか」

王は叫んだ。いまやそれは炎をふまえ、世にも壮絶に美しくまた恐しい闇の王、永遠《とわ》の死の王のしなやかな姿体をグラックの馬の天駆ける空いっぱいにひろげて、蹴爪ある手と炎の髪、ひとみのない目と闇の尾を炎で描き出し乍ら、妖しくも王を見下していた。

〝否、われはおぬしのものだ、皇帝よ〟

魔物はからかうように云い、炎で妖しい模様を描き出す息を吐いた。その唇には半月形の笑みがうかんだ。人々はこれこそかつて見たいかなる神よりも美しい生物であることを知った。これこそはかつてジェイナスに愛され、そして背いた罪で地獄の王となったものであった。これこそは魔神ドールであった。

〝おぬしがそう、己に誓約させたのだ。そうではなかったか？　永遠に、とな。王よ〟

王は口がきけなかった。かれは奇怪な、何もかも夢の中なる痺れるような恐怖の中で、手足の先が、ゆるやかに、ゆるやかに、人間でもなく、血肉をそなえたどのようなものでもない異形へと、変身をとげてゆくのを感じていた。舌も目も手ももはや少しも動かすことはできず、しかもかれはすべてを目のあたりに見た。

〝そなたの捧げ物をいかにも嘉納しよう〟

悪魔は雷鳴とともにささやいた。硫黄の息が吹きめぐり、ついに炎はイシュタルテーの牙城に及んだ。

〝それ故、悪魔大祭のひそみに倣《なら》い、むろんわれもそなたの切なる希みを叶えてやらねばならぬ。——とは云うもののもはやそなたの寿命、ヤーンのおさに織りとられおわり、まことであれば既にそなたは死んで居る筈であった。地獄の主、悪魔それ自身とは云え大宇宙の黄金律には従う身の上、失われた寿命をくりのべ、ヤーンの糸車をくつがえす神力はわれにはない。——とは云うがむろん希みは叶えるとの約定は違えぬ。

そなたは死んでもおらず、生きてもおらぬものとなり、未来永劫そこにあるがよい！〟

イシュタルテーの王、ドルス・ドリアヌスは悲鳴をあげようとした。

然しもはや、その舌からもれる息もなく、声もまた永劫の彼方へ失われていた。もはや王は死者でありしかもなお生きていた。目も口も舌もうごかすことはできず、しかも、なおすべてのいたみと追憶と苦悩とを感じることもできた。しかもなお王は生きており、剣も火も、毒もヤヌスの恩寵すらも、この背徳の呪われた王を死の安息におもむかせることはできなかったのである。

もはやそれはイシュタルテーの滅びの日であった。炎は全城市をおおい、華やかなタペストリも、水晶も、酒も、女奴隷もすべて灰燼と化していった。風と炎がきそい、己が領域を奪い尽くした。そのすべての生ある者が死にたえた炎の街市《まち》のただなかで、ひとり王であったもののみが、永劫の恐怖と、人間《ひと》の想像を超える苦悶を目にやどし、黒い柱と化して炎の洗礼をあび、しかもなお生きていた。

その、この世のさいごの情景のなかで、魔王はもうのこったさいごの建物——王宮の水にとりかこまれた奥殿へと舞いおり、長い爪ある手をさしのべ、すると若く美しく艶やかな悪魔神のまえにぶあつい鋼鉄の扉とクリスタルの扉、そしてまたさいごの呪文でしばられた光の扉とが重々しく開いた。暗がりの中に、二つのエメラルドが光っていた。

〝ゾフィーよ〟

魔王はささやいた。

〝われは探したぞ。喪われたお前、外宇宙より来たる者、千年の寿命もつ異形の女、あやしきこの世のことわりを体現するもの、美しき猫の王女ゾフィー、この世で誰よりもうるわしき獣よ。いでよ、此処に来よ。そなたにふさわしいのはひとの世ではない〟

すると闇の中よりするどい叫びがきこえ、異形のものがあらわれた。

それをみたときついに炎の中の王の心は狂い、もはや苦しみすらも感じることはなかった。彼が見たのは人ではないもの、猫の目と猫の頭と、そして輝く翼と乳房をもった、美しくもおそるべき、一匹のハーピイであった。

〝いでや、ゾフィー。われと共に黄泉に下りきたれ。われはそなたを闇の女王の座につけよう。これこそわれの探していたもの、そしてドール大祭のさいごの貢物だ〟

声ならぬ声とともに、二つの異形の者が炎の馬にのり、奇《くす》しく凶《まが》しき光をひいて漆黒なす天空へ翔けのぼってゆく。だがもはや、それを見ることのできたものは、生ある人《ひ》間《と》の一人とてもこの市にのこらなかったゆえに、誰ひとり居はしなかった。

その夜、世界の七大都市のすべての住人は、平和な眠りを、イシュタルテーよりきこえてくるあやしい哄笑、そしてさながら巨大な流星が空をひきさいてゆくかのような、凶々しい光の一閃によって破られた。

かくて、魔都イシュタルテーの栄華はついえ、パロの闇王朝による黒き支配は、蛇の年、悪魔大祭の終焉もろともに遂に終わりを告げたのである。

（グイン・サーガ外伝之内『ドールの書巻之十三　魔都イシュタルテーのサーガ』より）

クリスタル・パレス殺人事件——ナリスの事件簿

「南の塔には、幽霊が出るんですのよ」

さもおそろしげに声をひそめたのは、うら若くてちょっとおっちょこちょいだとうわさされている、オシルス伯爵の令嬢ルナであった。ちょうど、楽士たちの曲がとぎれたところだったので、彼女のそのよくとおる声が大広間じゅうにひびきわたってしまい、あたりはしんとなった。

「いやねえ、ルナさまってば」

「またはじまったわ。このあいだから、ルナさまってば、その話ばっかりなのよ」

「まるでその幽霊にとりつかれちゃったみたい」

「幽霊なんて、おどかさないでよ」

「そんなの、怖くないわ」

たちまち、その静寂をかきけすかのようににぎやかなざわざわとした声がおこる。少女たちの声は、意中の人の気をひこうとするとき、いっそう甲高く、きそいあって華やかになるものである。

「嘘じゃないわ」

ルナ嬢はむきになっていっそう声をはりあげた。

「本当ですってば。私の父のお小姓が見たし、それにパレスにだって何人も見たものがいますのよ。南の宮、南風の塔に入る古い回廊には恐しい幽霊が出るんだわ。きっと見たものには何かおそろしいたたりがあるんだわ」

「だとしたところで何が不思議だというんです？　ここはパロ、古い魔道の都じゃありませんか」

苦笑して云ったのは、まだ若く精悍なアキレス聖騎士伯であった。少女たちのなかにはアキレスに思いをよせているものもいなくはない。そういう少女たちの頭が大きくうなづいたが、いっぽうの王子のとりまきをもって任ずる連中のほうはそうはゆかなかった。

「魔道の都と幽霊とは別だわ」

ルナはむきになって叫んだ。

「その幽霊は、だって夜中の零時、イリスの最初の鐘の刻になるとあらわれて南風の塔にむかう回廊をただひとりコツコツと足音をたてながら歩いてゆき、そして……誰かがみかけて何者だと声をかけようとすると、いきなりふりかえって南風の塔を指差してそして消えてしまうのですってよ。その恐しい顔を見たものは、そのあと何日か以内に恐怖のあまり床についてしまって、ひどいときには死んでしまったものさえいるんですって。あれは絶対になにかいわくがあるにちがいない、あの塔で昔なにかあって、そこにうらみを残した幽霊があらわれてきてそのことを訴えているのに違いない、とうちの父も云っていましたわ」

「女なんですか、男なんですか、その幽霊というのは」

ここに集まっている若い連中のなかでもかなり年下で、まだほとんど少年といっていいリーナス子爵が口を出した。ルナ嬢とは、母方のいとこどうしなので、援軍に乗り出したのだ。あどけないぽっちゃりした顔だち、宰相リヤ卿の嫡男だから血筋は申し分がないが、あまり切れるほうとはいえない、とひそかに囁かれているいかにもぼんぼんらしい少年だ。そのうしろに、いつもひっそりと控えている黒いマントを深々とかぶったおつきの若い魔道師のほうは、身分も低いし、リーナスの護衛ということでまったく誰の目もひいてはいなかった。華やかなプライド高いパロ宮廷の若い社交界のなかでは、陪臣など、人間とさえ認められていないのだ。

「それがよくわからないんですって。ふかぶかとマントのフードをかぶり、ひどく痩せ細っているらしいことはわかるんだけど、顔はほとんど隠れてしまっていて、目ばかりが恐しい赤い光をうかべていて」

「ひどく痩せ細っているんですって」

意地悪で有名なラカン侯爵の令嬢アルシア姫がいった。

「それじゃ、あなたじゃないのは確実ね、ラキス」

「ひどいことをおっしゃる」

太めの聖騎士のラキスがどっとおこる笑い声のなかで抗議した。

「ふかぶかとマントのフードをかぶって、ひどく痩せ細っていて目が恐しい光を浮かべてるといったら、ほら、そこにもいるわよ」

くすくす笑いながらカルナ令嬢がいった。そしていきなり芝居がかったしぐさでリーナスのうしろを指差した。リーナスは思わずぎょっとして飛上がったが、もっと驚いたのは、まずこういう席で声などかけられることのないそのおつきの魔道師のほうであった。

「わ、わ、わ、私でございますか」

仰天して、その小柄な魔道師は口走った。そのうろたえかたがおかしいといって、また残酷な令嬢たち、その令嬢たちの意を迎えんとする若い騎士たちはどっと笑い立てる。

「この者をからかうのはやめてやって下さいよ」

困惑したひとのいい微笑をうかべて、リーナスが云った。

「この者はこんなはなやかな席には不慣れなので、令嬢がたにお声をかけられただけでもうろたえてテーブルをひっくりかえしてしまいますよ」

「こういう人相ふうていだったの、その幽霊というのは、ルナ？」

アルシア姫が何もきこえないかのように駄目おしをかける。黒マントの魔道師はこれ以上なれないくらい小さくなった。

「そう、ちょうどこういう――」

「それじゃ簡単よ。それはなんのことはない、魔道師だったんだわ。リーナスさまのおつきの人かどうかはわからないけれど、何か用のある魔道師が南風の塔に入っていった、それだけのことでしょう、ばかねえ」

「そうじゃありませんてば！」

せっかくの目撃談を疑われたように感じて、ルナは大声をはりあげた。

「そうじゃないわ、あれは南風の塔の呪いなんだわ。小姓も見たし、それに何人も祟りで、死んだんだって――ダモスは嘘をつくような子じゃないし、それに――ナリスさま、なんとか云ってやって下さいませ。みんなして、あたしの話をうそだというんだわ」

「そうねえ」

姫君たちの意中の貴公子、そのひとがそこにいるだけで太陽がのぼったように宴席が華やかに輝くとまでいわれる、クリスタルの美しい白い花——げんざいのパロの第二王子、第四王位継承権者である、アルド・ナリスはからかうようにあいまいな微笑をうかべた。

パロ国王アルドロス三世には兄の長男にあたる。血筋でいえばもともとはかれのほうが王位には近いはずである。だがいろいろな事情があって、十八歳でクリスタル公を拝命し、王族中の大貴族となっている。今年二十歳になったばかりの輝くように美しい、武勇にも、そして恋にも、歌舞音曲にも、文学にも、すべてに秀でたこの世の花、ルアーの貴公子と呼ばれるかれの恋人の座を巡って、宮廷中の我こそはと思う美女、美少女、美姫のひそかなあつれきがたえない。だが当のアルド・ナリスのほうは、自信あるクリスタルの名うての麗人たちの口説き寄るのにもたくみにひらひらと身をかわし、まるで絶世の美少女が云いよる男たちをたくみにもてあそび、かわすのにも似て姫君たちの恋心をかろやかにあしらい、誰にも特定のあいてになびくようすを見せぬ。そのものなれたあしらいと、誰にも落とせぬようすから、おそらく彼にはひそめた熱烈な恋のあいて——たぶん、ひとに知られてはならぬような驚くべき恋人がいるのだろうと察しられ、それがいっそう美しくたおやかなこの麗人を神秘的にみせて姫君たちの好奇心をかきたてている。文武両道にひいで、身分も血筋も申し分なく、気品と美貌匂うがごときまさに花のさかりの二十歳——クリスタルきっての美麗な貴公子の妻の座とはゆかずともせめて恋人の座を射止めたいものとねがう姫君はあとをたたないが、それだけに、ナリスの秘めた恋人は誰だろう、というあて推量もあとをたたない。もっとも、どうかまをかけられても、若いに似合わず老獪だと評判のかれはたくみにかわしてあでやかに微笑んでいるばかりなのだったが——

「魔道師かもしれないし、そうでないかもしれない。魔道師だとしたらそうなんだろうし、そうでないとしたら魔道師ではないんだよ、姫君がた」

「意地悪」

「またそんなことをいってはぐらかされるんだわ」

いっせいに少女たちは華やかに媚をこめた嬌声をあげた。

「リーナスさま、おつきの魔道師は何というお名前なの」

アルシアが執拗に追及した。彼女はそこに黒いしみのように、広間のにぎやかさにとけこまずにいる小柄な魔道師が気になって——おそらく、目ざわりでならぬようすだった。

「これですか。これはヴァレリウスといいます。もうずっと僕についてくれる男で」

「こんなところまでお連れになることはないのに。この広間で、リーナスさまのお身を守らなくてはならないような事件はまずおきなくてよ」

「こ、これは手厳しい。いや、その、正直に申上げますが、きょうは、この者が、そのう」

「何よ、正直におっしゃいな」

「よろしければ、きょうの舞踏会におつきとして連れていってぜひともうわさに高いクリスタル公アルド・ナリスさまを遠くからなりと拝謁させていただきたい、とせがむのですからね」

「なんだ、ナリスさま目当てだったの」

アルシアは口をとがらせた。

「魔道師のくせにナリスさまをひと目見たいなんて、何を考えてるのかしら、そのひと。――リーナスさまもずいぶんその魔道師には甘くていらっしゃるのね。いつもお連れになってますの？　おうちでは見たことがないわ」

「僕が九歳のときから、ずっとそばに仕えてくれているものなのですが、しばらく魔道師の塔にこもっていましたからね」

リーナスは言い訳をした。

「申し訳ございませぬ。貴きかたがたのお目に、私ごときが同室させていただきますことがお目障りでございましたら、ただちに控の間へ下がらせていただきます」

リーナスの供がいっそうふかぶかと頭を垂れて云った。声も低くよくききとれぬぼそぼそ声で、いかにも陰気な印象をあたえる。

「確かに、あまり、華やかな舞踏会には似つかわしからぬ風体ではあるね、リーナス」

リーナスを軽んじているようすを隠そうともせずに、アキレスが無雑作にいった。

「たしかにアルシア姫のいうとおり、このパレスで君の護衛をつけなくてはならぬ事態など起りそうもないよ。ナリス殿下でさえお小姓を二人つけただけでおられる。野暮はやめたまえ、リーナス。彼のほうも気の毒だ、控の間に下がらせるんだな」

「それは……」

「いいではありませんか」

優しいきれいな声が、人々のざわめきをさえぎった。長い黒い艶やかな髪を腰までも垂らし、少女のように綺麗であでやかなはなやいだ美貌に底知れぬ微笑をうかべて、ナリスはつと立ち上がって手をあげた。たちまち人々の視線が彼に集中する——じっさい彼は、そうやってたえず座の注意を自分の上に集めておくことに、無意識におそろしく習熟しているようであった。

「魔道師だって若者ですよ。恋もしたいし、綺麗な姫君たちのきぬずれをきいたり、花のような笑顔を見たりしたいのにちがいない。かまわないじゃありませんか。私ならばちっとも気にしないよ、ええと、名前は何だったたっけな」

「ヴァレリウスでございます」

陪臣はぼそぼそ答えた。こんな雲の上のおかたと口を直接きくなど、とてつもない、と思っているかのように、彼はいっそううつむいてしまった。

「ヴァレリウスか。リーナス、いいよねえ？　彼は身元は確かなんだろう？」

「ええ、もう長年ぼくについていてくれてるので」

「じゃあ、いいじゃないの。さあ、それよりもゲームをはじめよう。きょうは特別の趣向が用意してあるとカルト子爵が云っていた。ダンスと、そしてゲームで楽しみましょう。夜は長いといったって、必ず終わりはくるんだから」

いくぶん、リーナスの供をめぐって座の空気が緊張しかけたことに、困惑して笑顔をひそめかけていた姫君たち、その姫君たちの崇拝者の若い貴族たち、騎士たちはほっとして大きな喝采の声をあげた。片隅でこれはもう踊るような年齢でもなく、いわばお目付役としてゆっくりとグラス片手に座って話をかわしているやや年をくった聖騎士侯たちや、大貴族たちはこのようすについて、ひそかになんとなくうなづきかわしあった。かれらには、こうした場はいずれアルドロス王のもとで右腕としてパロのまつりごとをつかさどってゆくであろう、若きクリスタル公の人物評定には、かっこうの場だったのだ。

「音楽を！」

ナリスのよくとおる声が叫び、たちまち広い広間はにぎやかな歌とキタラと笑い声でみちた。そのなかで、黒いしみのように、いそいで壁際にひきさがりながら、若いリーナスの陰気な連れは、フードのかげに驚嘆とも、感嘆とも、品定めとも、魅了されたともつかぬ奇妙な底知れぬ表情を隠してじっとその人々の渦のまんなかに白いあでやかな鳥のようにかろやかに舞っている若い王子のすがたを見つめていた。

＊

宴は深夜までつきることがなかった。クリスタルでは、若いものたちの歓楽に対して比較的大目に見る風潮がある。その上に、クリスタル・パレスで、クリスタル公の肝煎りで開催される親善の舞踏会となれば、妙齢の娘をもつ父親たち、母親たちは、誰しもが、あわよくばパロ一番の貴公子にお気にめされて、娘が未来のパロ宰相夫人、クリスタル大公妃となる——という夢を見ずにはいられない。クリスタル大公妃とはゆかぬまでも、若い娘たちには、むれつどう貴公子たちのなかから将来の夫を選ばなくてはならぬ、大事な仕事がある。パロでは、親どうしの口約束でしか夫を見つけられない若い娘は、恥とされているのだ。魔道の都パロはまた、愛の女神サリアの都でもあるのだから。

それゆえ、深夜が近づくとお目付役の老人たちは先にひきあげてゆき、そのあとは若いものたちだけになった。二十歳の若きクリスタル公が主宰するパーティゆえ、集まるものたちも少年少女たちと呼びたいくらいに若い。体力盛りのかれらはいくら踊っても、一杯冷たいものを飲んで、少し座っていただけでたちまちまたありあまるエネルギーをもてあまして踊りに飛出してゆくのである。

もともと蒲柳《ほりゅう》の質で知られる当のクリスタル公のほうは、さすがにそこまで元気ではなかった――もっとも、かれを悪く云うもののなかには、それはかれの女性に対する圧倒的な人気をやっかんでのことも多かっただろうが、「あの人は、自分をうまく売出す方法をよくよくご存じなのさ。ずっと出ずっぱりに出まわっていたら飽きられてしまうだろうとちゃんと計算して、蒲柳の質をおしたてて、おいしいところでだけあらわれて評判をかっさらうのがお上手なのさ」と皮肉るむきもなくはなかったのだが。

が、ナリスは深夜になると、かなりそのほっそりした白い美しい顔に疲労のかげりを刷いてきて、踊りの相手を懇願されても、二曲に一曲はみやびやかに断ることが多くなってきた。そして、片隅に座ってしずかにはちみつ酒を手にして歌をきいたり、話に興じたりしていたが、また彼は非常にすぐれた話し手でもあったし、たいへんに教養ゆたかで楽しい情報通でもあったので、こんどは姫君たちはだんだん踊るのをやめてナリスのまわりに集まってきはじめ、そうなると踊りの相手がいなくなった少年たちも不満げにそのまた周囲に集まってきはじめた。まだ踊っているのはとびきり元気な、踊り足りない連中であった。

「ほんとにあの人たちはなんて元気なんだろうね」

皮肉というほどでもなくやわらかな声でナリスは云った。広間の中央では、だいぶ人が少なくなってきたとはいうものの、まだ何組ものカップルがくるくると手をとりあってまわり、複雑なステップをふんでいる。楽士たちの音楽も、いっとき甘やかなゆるい舞曲《カルゴ》にかわったかと思うとまたしても激しく陽気な《サリュータ》のリズムにかわって盛り上がる。

「まあ、踊れるものは明日の朝まででも踊るがいい。どうせ、明日することがあるものなんて誰もいないんだし、それに――」

ナリスがからかいまじりに続けようとしたその途端だった。

「きゃあああああ！」

突然、思いもよらぬ悲鳴が大広間をつんざき――

同時に、すべてのあかりがふっと消えた！

当時のことである。あかりといっても、壁にともした無数のろうそくのシャンデリアがゆらめくあかりとなっていて、あとは壁龕《へきがん》のなかのランプだ。それが――たくさんあるそれがいっせいに消えたのである。たちまちあたりは、誰も予想もしていなかった真の闇につつまれた。

「わあっ！」

騎士たちの怒号、姫君たちの悲鳴――

「騒ぐな！」

するどい声が大広間をつらぬいた！

「そのままじっとしているんだ。早くあかりをつけろ！　ひとつでいい、とりあえずろうそくをともすんだ。動くな、みんな。何もあわてることはない」

ナリスの声であった。そして、とたんに、ふいにぼっと青ざめた光がともって、暗がりで動転して硬直していた若者たちを再び仰天させた。

「お灯りを」

ひそやかな声がいった。その青い異形の光がナリスの白い冷静な顔をうつしだした――その光のさきを見やってナリスはかすかに口もとをゆるめた。それはさきほどの、陰気くさいリーナスの護衛の魔道師であった。

「有難う。ヴァレリウスだったな」

ナリスは云った。

「魔道の鬼火だね、これは？　しばらく、ともしておけるか」

「はい。大丈夫です」

「皆、心配はいらない。さあ、小姓たち、ろうそくを頼む」

「は、はい――」

真っ暗ななかに青白い鬼火がひとつだけともって、それがナリスの青白い美しい顔を照し出している夢幻的な、だが怪談じみた光景のなかに、やがて控の間の扉が開いてゆ

らゆらといくつかのろうそくが近づいてくると、ぽっとあかりがともった。壁龕にあかりがうつり、それからあちこちのテーブルの上におかれたろうそくたてのろうそくに灯がうつされ——そして、だんだん室のなかが明るくなってゆくのを、人々は魅せられたように見つめていた。

「いったい、なんだって——」

「あんなたくさんあるろうそくがどうしていっぺんに——」

「風よ。風だわ」

「そんなわけがないでしょう。あんなたくさんのあちこちにあるろうそくが——それに壁龕のなかのランプは風なんかあたらないし」

「幽霊のたたりじゃないのか」

「やめて、そんないまわしいことをいうのは！　ヤヌスの御加護を」

「でもいったいどうやってあかりが……」

もとどおりとはいえぬまでも、しだいに室が明るくなってゆくにつれてがやがやと、ほっとしてしゃべりはじめた若者たちの一角から、ふいにまたしても、こんどはギャーっというけだものじみた悲鳴があがった。

「大変だ！」

すさまじい絶叫——それは、さっきのあかりの消えたときとは比べ物にならなかった。

「大変です。ナリスさま！」

誰かが悲鳴をあげた。

「どうした！」

ナリスはすばやく小姓に合図した。つねにうしろにひかえている小姓のすかさずさしだす得意の武器、レイピアをつかみとると身をひるがえして人だかりにむかって突進する。

「きゃあああああ！」

姫君たちの絶望的な悲鳴がひびいた。

「し、し――死んでる……」

「死んでるだって。誰だ」

「ル、ルナさまが……」

「ああ、どうしよう――ルナさまが……こんな――」

「南風の塔の幽霊の呪いだわ」

誰かが叫んだ。姫君たちの悲鳴はいっそう高くなった。

ナリスの目がするどく細められた。かれは豪華な大理石の床に倒れたまま動かない少女の上につとかがみこみ、注意深くその脈をさぐってみた。さっきまではしゃいで喋りたてていた陽気な少女は、思い切りしゃれこんだ舞踏会の正装すがたもいたいたしく、口から血を流し、うつろな目を見開いてすでに完全に息たえていた。

「なんで――なんでこんな……」

姫君たちの悲鳴と泣き声を、ナリスはひややかな――さっきまでの愛想のよい、あでやかな表情とはまるで別人のように冷静で熱さぬ表情で手をあげて制した。そうしながらも彼はちゃんと、片隅からその彼のようすにじっとそそがれている視線のあることには注意をはらっていたのである。

「静かに」

ナリスは云った。

「騒いでも、しかたがない。ルナは死んだ。誰か、オシルス伯爵のお邸に、知らせを。――それから、死体を動かしてはいけない。近づくな。誰もさわってはいけない。このままにしておくのだ」

「そんな――どうして……」

「誰かが、暗闇にまぎれて彼女を殺したのだ」

ナリスはゆっくりと細い指をあげて指差した。ルナのふくよかな左胸、レースのひだのあいだに深々と、柄までも埋まった短剣をみたとき、少女たちの悲鳴はいっそう激しくなり、何人かは失神して倒れた。

ナリスはゆっくりと目をあげた。その黒い輝かしい闇の目が、じっとかれを見つめていたもうひとつの目——灰色の暗い、だが思慮深そうな目とぶつかった。ナリスは何ごともなかったかのようにゆっくりと目をそらした——そして云った。

「調べなくてはならない。調べがすむまで、誰もこの広間から出してはいけない。それと、近衛長官に連絡だ。この私の舞踏会で、人殺しをしようなど、私を馬鹿にするにもほどがある。急いでくれ。アキレス」

＊

ナリスは、不機嫌であった。

それも当然のことだ。オシルス伯爵はそれほど地位の高いわけでも、宮廷で重要視されているわけでもないただの文官だが、しかし貴族は貴族である。その伯爵のあととり娘が、こともあろうにクリスタル公の主宰する舞踏会の席上で何者かに殺害されてしまった、とあっては、パロ宮廷の名誉にもかかわる由々しき問題だ——そういったのは、近衛長官のケントであったが。しかしそんなわけで、身分の高い貴族の坊っちゃん嬢ちゃんばかりの集まりであったが、この呪われた舞踏会にいあわせたものたちはみなそこにとどめられて、あれこれと尋問をうけるはめになったのだった。ナリスもまたその義務はまぬがれるわけにはゆかなかった——それがおおいにナリスのカンにさわったのだ。

「私がいったいどうしてそんな事件にかかわりがあるなど、思うことができるんだ、かれらは」

さすがに彼のためには特別に一室もうけられた控え室に戻ってきたナリスは、小姓たちにうっぷんの声をあげた。

「このクリスタル・パレスで、しかも私の主宰している舞踏会の最中に、私の崇拝者であることが誰にも知られている伯爵令嬢が殺される——そんな事件があったというだけでさえ論外なのに！　あきれたことだ。第一、こんな事件、最初から、誰がしたことかなんて、一目瞭然じゃないか！」

「そ、それは本当ですか」

突然声をかけられて、ナリスはびくっと眉をよせた。ドアをあけてころがるように入ってきたのは、ヴァレリウスを従えたリーナスであった。ナリスは肩をすくめた。寝不足もあるし、機嫌もわるかったので、いつものようにていさいをとりつくろう手間もかけなかった。

「もちろん。誰がみたってこんな事件、事件ともいえないじゃありませんか。パロでは、戦さ以外ではもう長いこと、殺人事件なんてものは起ってやしないんだ。だからすっかりみんな安心してしまったのかな」

「ナリスさまには、誰がルナを殺したのか、おわかりだといわれるのですか」

リーナスはせきこんだ。

「お願いです。それは誰なんです。教えて下さい。ここにうかがったのもあるいはパレス一の知謀を誇るナリスさまにうかがえばと――ルナは私にとっては母方のいとこ、私の目の前でルナがあんなふうにむざんに殺されたとあっては、私は叔母のデビ・ルースに許してもらえません。可愛想に、ルナ、ちょっとおっちょこちょいでお喋りではあったけれど、あんなに気のいい可愛い女の子だったのに――あなたを心から崇拝していて……」

「驚いたな」

ナリスは気難しげに云った。

「本当にわからないのか。そっちの魔道師、ヴァレリウスだったな、君にもわからないのか」

「………」

ヴァレリウスはうっそりと頭をさげただけでわかるともわからないとも云わなかった。

ナリスの目がするどくなった。

「いいとも、リーナス」

かれは無雑作にいった。そして、うんざりしたというように、上着をソファの上に放り出した。

「そんなにいうなら、今夜零時、イリスの最初の鐘の刻限に、パレスの南端で忘れられているあの古い建物――南風の塔にむかう南の回廊の入口で待っていたまえ。そのかわり、何をみても大声を出すのじゃないよ」

「な、なんですって」

リーナスは茫然としていった。だが、ヴァレリウスがすばやくなにかをささやくと、大人しくなった。

「私もお供してよろしゅうございましょうか。リーナス坊っちゃんの護衛として」

ヴァレリウスがうっそりと云った。ナリスは肩をすくめた。

「好きにするさ。じゃあ、今夜零時、イリスの鐘の刻限に、南の回廊で」

＊

クリスタル・パレスはあっという間にしずまりかえった――まだうら若い伯爵令嬢の非業の死をいたむために、数日の間は、毎日毎晩必ずパレスのどこかしらで行われている華やかな舞踏会も、バザーも、音楽会も、夕食会もすべて慎むよう命令が出された。ナリスのいうとおり、この何年にもわたってクリスタル・パレスは平和そのものであり、多少の政権抗争などはあったにせよ、暴力的な殺人事件などという凶々しいものは長いことおこったこともなかったのだ。今夜のパレスは文字どおり灯りが消えたようであり、人々もそうそうに自室や自分の家にひきとってしまったので、いつもならいっぱいに灯りをともして夜おそくまで不夜城の誇りをほしいままにしているクリスタル・パレスはまるでにわかに廃墟カナンと化してでもしまったかのようであった。

「ジロール」

低い、あたりをはばかるささやき声がそっとかけられる——不夜城を誇るクリスタル・パレスのなかでもこの一画だけはまるで遠い昔に見捨てられたかのようにひっそりと、訪れるものもなくいつもしずまりかえっている南風の塔にむかう古い見捨てられた回廊の入口である。

塔の都とよばれるクリスタル・パレスには無数の大小さまざまの塔が林立しているが、これもそのひとつであった。かつてはそこでもいろいろな催しもおこなわれたようだが、かつてそこで若い貴族が決闘に倒れ、その母親が悲嘆のあまり狂死したというエピソードがあってからは縁起がわるいというので見捨てられるようになり、そのままパレスの中の廃墟も同然になってしまったさびれた一画だ。

「ジロール。どこなの」

黒い影が動いた。

「あ……」

ほっとしたようにもうひとつの人影がかけよってくる。ゆらゆらと、あの殺されたルナが興奮して話していたあのぶきみなフードを深々とかぶった幽霊のすがたそのままに、壁からしみだしたかのように黒いすがたがあらわれていた。

「あれからゆっくり話もできていないから、どうしても会って話をしなくてはと思っていたのよ。ジロール、会いたかったわ」

これまたフードをすっぽりとかぶり、長いスカートをひいた小さめの影がそれにかけよろうとしたときだった。

「幽霊だって、恋をする。それは幽霊の権利かもしれないが——」

ふいに、よくとおる声がどこからともなくかけられ、黒いふたつの影はびくっとした。

「だ、だれ。誰なの」

「私だよ」

すいと、回廊の柱のかげから、湧き出るようにあらわれたひとのすがたをみて、黒い影は悲鳴をあげた。

「ナ——ナリスさま！　どうして、こんなところに！」

「きょうはたぶん、あなたにここで会えるだろうと思ったのでね。あなたにも、あなたの恋人にも」

「な……なんで……」

「そう、幽霊でも、魔道師でも、貴族の姫でも恋はする。——だけれど、その恋のためにひとをあやめるというのは、いただけないな。アルシア姫」

白いトーガにふわりと紫のびろうどの長い上衣をはおり、サロンにいるようにゆったりとくつろいだようすであらわれたアルド・ナリスは、優雅なしぐさで肩をすくめてみせた。

「そのためにひとに嘆きをかけるのはもっといけない。もともと、気性の勝った姫君だとは思っていたけれど、ちょっと、勝ちすぎてしまったようだ。前途ある友達を冷酷にもあやめてしまったさばきは受けていただかないわけにはゆかないいな」

「なんですって——私がいったい何を——どうして、こんなところへ……だって、結界が——」

「私も、一応、初級魔道師免状は持っているんですよ」

ナリスは説明した。

「それにここへはあなたの知らないある方法をつかってまっすぐやってきた。さあ、もういいですよ、リーナス、出ていらっしゃい。これがあなたの知りたがっていた、あなたのいとこを殺害した犯人ですよ」

「なんてことだ」

柱のかげから、おっかなびっくりあらわれたリーナスは、弱弱しい声をたてた。

「どうして、アルシア姫が、ルナを——信じられない、どうしてそんな……」

「云ったでしょう。姫君だって恋をする、と」

ナリスは云った。

「かわいそうなルナはちょっとばかり、おしゃべりがすぎた。それに調子にのりすぎた。それが君の家系なんだとしたら、気をつけなくてはいけませんよ、リーナス君。いやいや、そんなことはどうでもいい。ルナはこのしばらく、南風の塔に出る幽霊の話にすっかりとりつかれていた。陽気でほがらかだけれどあまり思慮深くないこの令嬢は、自分がそうやって、たいしたこともないゴシップに夢中になることで自分の死刑宣告に署名しているとは、夢にも思わなかったんですよ」

「し――死刑――?」

「順をおって話しましょうかね」

ナリスは気楽そうにいった。アルシアはじっと、けわしい目つきでナリスをにらみすえている。

「アルシアは、ひょんなことから、決してそのたいへんに格式高いお家柄では許されないような相手と激しい恋におちてしまった。そして、誰にも絶対に知られてはならないその恋のあいてとあいびきをするために、かねて幽霊が出るという評判でひとの近寄らない、この南風の塔を使っていたのですよ。二人だけの秘密の場所としてね。――そして、その評判をいっそう高くして、誰も近寄れないようにするために、ときたま幽霊の目撃者が出るようしむけて、この二人だけの愛の園を守ろうとしていた。ところが、おっちょこちょいの——といっては殺されてしまったのに気の毒だけれども、ルナ嬢のようなひとがあらわれて、この幽霊話にすっかり夢中になり、それでおどしをかけてやろうとルナの身辺の人を機会をつくっておどかしたのが逆効果になって、ルナがさらに南風の塔の幽霊に熱中してしまったので、すっかり二人は困ってしまった。ルナは可愛想だけれどあまり頭のよいひとではなかったから、自分のしていることがどんなに、この世をしのぶ恋人どうしを困らせているか、などということはまったく気がつかぬままにどんどん二人を追い詰めてしまったのだと思いますよ。このところその南風の塔の幽霊の話ばかりしていたというではありませんか。——あまつさえ、これは悲嘆にくれている父上からきいたのですが、とうとう、南風の塔の幽霊の正体をあばくために、自分が個人的に賞金まで出して、若い騎士たちにきもだめしをさせよう、というようなおろかな計画までたてていたのですってね」

「なんと……」

リーナスはうめいた。

「それは、僕もきいたけれど、でも……」

「もともと気が強くてたいへんしっかりした——ナリスは苦笑した——しっかりしたかたであるアルシア姫のほうは、ルナ嬢のこの大騒ぎに本当に困惑してもいたし、また、そうやって南風の塔があいびきの場に使えなくなるくらいはまだしも、恋人の正体がばれかけていることに本当に追い詰められていた。正体がばれてしまえば、それこそいのちにかかわるようなあいてだったのですね。そう、アルシア姫が不幸な運命の恋におちた相手は、魔道士だったのです。魔道士の塔の魔道士には、妻帯も禁じられているし、普通人と恋をすることも許されていない。また、魔道士たちはきびしいおきてによって、行動を縛られている。もしも、南風の塔のあいびきの秘密を守るために、アルシアの恋人の魔道士がおのれの魔道を、一般人に幽霊をみせることに使ったりしていたとばれたら、その魔道士は魔道士の資格を剥奪され、ギルドを逐われるだけではない、場合によってはギルド裁判で裁かれて非常にきびしい刑罰を受けなくてはならない。――アルシアにとって、ルナが夢中になっている南風の塔の幽霊の正体があばかれてしまうことは、ふたりともにの破滅を意味したのです。そう、アルシアも侯爵令嬢で、そんなみだらなふるまいに走っていたことがわかったら、謹慎処分はまぬかれまいでしょうからね。――そんなわけで、アルシアは、どうしても南風の塔の幽霊の正体あばきをやめようとしないルナを殺してしまって、それを幽霊のたたりだ、として皆の恐怖をあおり、皆が幽霊の正体をあばくのをやめさせようとたくらんだのですよ。そうでしょう、アルシア」

「……」

アルシアは黙ってくちびるをかんだ。

「なんてことだ――でも、ナリスさま、どうして――どうしてそんなことがおわかりになったんです」

リーナスはふるえる声でいう。ナリスは苦笑した。

「最初から、魔道士がからんでいることは一目瞭然だったじゃありませんか。だって、そうでしょう。あの大広間のたくさんあるろうそくやシャンデリア、壁龕のランプをすべていっせいに消してしまう、というのは、これはそれだけの人数がいていっせいに消しにかかるか、それとも魔道を使わなくてはできることじゃない。そして誰も灯りを消そうとするそぶりをみせたものはない以上、灯りが消えたのは魔道士のしわざに決まっていた。あそこにいた魔道師といえばヴァレリウス君だけだった。あなたのところのね。だから私は最初はヴァレリウスがアルシアの恋人かと疑ったのですけれどもね。——でも、アルシアは最初からずっとルナの話をそらそう、そらそうとしていたのに、気づかないでリーナス君やほかのひとがまた幽霊ばなしに戻してしまうのでほとほと困惑していた。そのときのようすをみていて、私は、おや、アルシア嬢は幽霊の話がお嫌いなようだぞ、それも尋常でなく、この話をそらそうとしているぞと思って注目するにいたったのですね。そうしたら、アルシア嬢は、魔道師の話になったら、こんどはヴァレリウスに注目をひきつけようと画策しておいでだった。それで私はどうやらこれはヴァレリウスではないなと思ったのです。アルシア嬢は逆に、ヴァレリウスでない魔道師ないし魔道士の誰かをかばおうとしている、とね。そうすれば一たす一は二で答えはかんたん、貴族の令嬢がえたいのしれない魔道士を庇おうとしている——若くて美しい女性がわけのわからない行動をするときは、たいてい答えは《愛》だけですよ。それで私は、おや、アルシア嬢はもしかして、魔道師の恋人を持っているのではないのかなとかんぐった。そこに、あの消灯さわぎがおこり——そして、アルシア嬢が、ルナの死体をみて、こう叫んだのを覚えているでしょう。『南風の塔の幽霊の呪いだわ』——でも、それまではアルシア嬢は、幽霊なんて信じない派の筆頭としてルナをばかにし、その話をやめさせようとしていたのです。どうも彼女の行動は筋が通らないな、と私は思ったので、ちょっと、アルシアが犯人だとしたら、ということを考えて、筋道を作ってみたのですよ。そうしたらなんのことはない。アルシアが若い魔道士と恋仲だったとさえ考えれば、すべてこの事件は一気に筋が通ってしまうことがわかりました」

「……………」

「なんてことだ」

またしても、ほかにいうことばを忘れてしまったかのようにリーナスは怒鳴った。

「そんな——そんなことでうちの可愛いいとこをむざんにも殺してしまったのか。何も殺さなくたって——何も、殺さなくたって！」

「うるさいわね」

アルシアはようやく口をきいた。その目が爛々と燃え上がり、いつのまにかその手に、短剣があらわれていた。

「あんたなんかにわかるものですか、お人好しのリーナスさま。ナリスさま、あなたって、まるで悪魔みたいなかたね。あたし、最初から、あなたのことが気にくわなかったわ。ああやって女の人たちに囲まれてちやほやされて誰にでも調子のいいことをいってるくせに、あなたの目ってば、いつもほんとに冷たいんですもの。それをみるたびに、ああ、この人は、自分の崇拝者の女の子たちをほんとに馬鹿にしてとるにたらないと思ってるんだな、って思っていたものよ。あなたになんかわからないわ。絶望的な恋をしたものの気持なんか——もう、こうなったら私もジロールも死刑になるしかないんだから、貴いクリスタル公さまを道連れにしてここで心中してやるわ。さあ、ジロール、クリスタル公を刺すのよ！」

叫ぶと同時に短剣をふりあげて果敢にアルシアは襲いかかろうとした——ナリスは、べつだんおそれる気配もなくひょいと身をひらいて彼女の一撃をよけた。アルシアはいっそう怒ってさらに両手で短剣をにぎりしめてつきかかろうとする——

とたんに、その手首が、ぐいとおさえつけられた。しびれた手から短剣がおちた。

「何をするのよ。ジロール、気でも狂ったの！」

アルシアは悲鳴のような声をあげる。《ジロール》はフードをとり、やせた、暗灰色の目をもつ陰気な顔をあらわにした。

「ああ！　おまえは！」

「初級魔道士ジロールはすでに、私がここに参ったときに手向かいしましたのでひっとらえ、魔道士の塔に送り込みました」

ヴァレリウスは云った。

「容疑は、殺人幇助、密通、そして魔道を個人的な目的に使った罪、そして魔道をもっとも禁じられている、罪なき一般人の殺害と攪乱、傷害に使用したという重罪です。たぶん、いまごろはもう、魔道士ギルドのきわめて恐しい裁判にさらされ、おそらく、もし万一魔道士の塔から出てくることができたとしても、もう二度と正気には戻れないでしょう」

「ああーっ！」

アルシアはひきさくような叫びをあげた。

「ジロール――ジロール！」

「私も――」

その場に力なくくずおれてしまったアルシアを無感動な目で見下ろしながらヴァレリウスは云った。

「私はナリスさまとはまったく違った観点から、この事件が魔道士がらみであることを最初からわかっておりました。あの灯りの消えたとき、私の目には、魔道士が部屋の外側に立って風起こしの呪文を結んでいるのが見えましたし、その魔道士の顔も見えたのです。私が偶然とはいえリーナスさまのお供であの場にいて、よかったと思います。それにもうひとつ、アルシアさま、魔道師の——一級魔道師の訓練した目というものは、暗闇でも見えますし、どんな混乱状態のなかでも、見ようと思うものはすべて見届けることができるのですよ。私は、あの暗闇のなかで、あなたさまがかけよって、うしろから抱きかかえるようにしてルナ嬢の胸を刺すのをずっと見ておりました」

「なんだってっ。じゃあ、じゃあ、なんだって止めないんだっ」

怒ってリーナスが叫んだ。ヴァレリウスはうっそりと頭をさげた。

「私の任務は、リーナス坊っちゃんを護衛することであって、あの場の秩序を守ることではございませんですから」

「それにしても、ルナはぼくのいとこだというのに——不人情にもほどがある、そんな——ひどいやつだ」

「それをやるとこんどは私が、魔道師のおきてを逸脱して普通人の行動に干渉した、というとがめをうけざるを得なくなるのですよ」

なんでもなさそうにヴァレリウスはいった。

「それにしても、ナリスさま。初級魔道師免状をおもちとはいえ、よく、そこまで……」

「最初からわかっていたよ」

ナリスは疲れたように肩をすくめた。

「だって、アルシアが、『キャーッ！』と叫んだのは、灯りが消えるより一瞬前だったよ。つまり、アルシアが叫び声をあげたときには、何も叫ぶ理由などなかったのだ。が、アルシアが叫んだ瞬間に灯りが消えた。奇妙なことをするものだなと思って注意していたら、またあの『南風の塔の幽霊の呪いだわ』ということばをアルシアが叫んでいたので、もう私の推理は確信にかわったのだよ。アルシアは、あの叫びをあげて、どこかにひそんでいた魔道師に灯りを消させ、その混乱に乗じてルナを殺すという計画をたてていたのだとね。――あらかじめそこまで計画的にしくまれた犯行だったとすれば、当然アルシアとその魔道師はグルだということになる。――あとは簡単だったよ。頭脳を使ったというほどのものでもない」

「恐れ入ります」

「悪魔！」

いきなり、力つきてくずおれたままのようにみえていたアルシアが、さいごの力をふりしぼって、短剣をつきだし、ナリスにむかって突進した。リーナスは悲鳴をあげた――が、そのときには、ヴァレリウスの手から青白い光がとび、アルシアは悲鳴をあげてくずれおちた。その手の短剣は突然、青い光を放って燃え上がって消えてしまったのだ。

「お危うございますよ、ナリス殿下」

ヴァレリウスはとがめるようにいった。

「レイピアの名手でいらっしゃるのに、なぜ、隙を見せられたのです。それにさきほどはあんなに簡単によけられたのに、今度は動こうともなさらなかった」

「なに」

ナリスはにっと、紅い花のような唇をほころばせた。

「君がどのくらい使えるのか、私のことも、咄嗟にちゃんと守ろうとするかどうか、見ようとしただけだよ。なかなか機敏だね」

「魔道師ギルドはパロ王室に忠誠をお誓いしております。王家のかたをお守りするのは、魔道師ギルドの任務のうちで」

うっそりとヴァレリウスはつぶやいた。ナリスはうなづいた。

「それでは私は戻る。すまないけれど、リーナス、ヴァレリウス、この恋に溺れた姫をランズベールの塔へ連行して、ランズベール騎士団に引き渡しておいてくれないか。私とても恋する者の気持をわからぬわけではない、あまりことをあらだてたくはないが、この令嬢のしでかしたことは少々、穏便にすませる域をこえてしまったようだ。月はちょうど中天に青い――私はちょっとのんびり、庭園を散策してから戻るよ。それでは、またね。ヴァレリウス」

「………」

ヴァレリウスは黙って頭をさげた。

「驚いたな――！」

黒いつややかな長い髪の毛を月あかりにきらめかせ、かすかなきぬずれの音をたてながら優雅に回廊を去ってゆくナリスの、絵のようなうしろすがたを見ながら、リーナスはこっそりつぶやいた。

「驚いたおかただ。どうして、あの同じ場所にいたというのに、あのかただけが、ああしてこの事件の真相を苦もなく読みといてしまわれるんだろう。本当にすぐれた頭脳というのは、そういうものなのかな――！」

「いいたかないが、坊っちゃんが少々おつむがゆっくりなさっているんですよ。私にだってわかりましたからね――といってほかのひとにわかったとは思いませんが」

ヴァレリウスは小声でいった。リーナスはけげんそうに首をかしげて彼をみた。

「え？　なに？」

「何でもありません。ところで、「あのかたは――当然のこととはいえ、私のことはやっぱり覚えてらっしゃらなかったな」

「あれ？　前に、お目にかかったことがあるのか、ヴァレリウス？　あのかたと」

「ええ。あのかたがまだ十六歳くらいのとき、王立学問所のお庭でね。いえ、それはもうただすれちがっただけでしたので——でも私はあまりにまぶしかったので、そのとき思ったのですよ。あのかたと、いつか対等にことばをかわすときがくるだろうか——いつか、対等にお話をし、この私の名前を覚えていただいてみせる、とね。——少なくとも名前くらいは覚えていただけたでしょう、今度は。リーナスさまのおかげですよ。いつもながら、坊っちゃんにはとても感謝しております」

「そんなこといわれると、照れちゃうなあ」

リーナスは満足そうにいった。そして、どうしてヴァレリウスがくっくっと笑っているのだろうといぶかしそうにふりかえったが、もう、ヴァレリウスは回廊にずっと遠くなっているナリスのうしろすがたを目で追っているところでリーナスなど、見てもいなかった。

（いまに見ていろよ）

その口から、低いつぶやきが洩れたのは誰にもきこえなかった。

（俺だって……パロにその人ありと知られる大魔道師になって——あなたと対等に立ち向かってみせる。美しいクリスタル公殿下——アルド・ナリス殿下。いまにきっと）

青い月の光がしんとしずまりかえった南風の回廊におちている。クリスタル・パレスに、夜明けはまだ遠いようであった。

アレナ通り十番地の精霊

もとモンゴール大公領、首都トーラス、アレナ通り十番地――

そこに、トーラスのゴダロの小さな、しかし活気のある居酒屋兼食べ物屋、〈煙とパイプ亭〉がある。

アレナ通りでもっとも人気のある店のひとつといってもいい。盲目のゴダロおやじが年老いて引退したのちも、二代目のダンが店をつぎ、トーラス一番の料理の名手と近隣ではほまれも高いオリーばあさんと、可愛い嫁のアリスと三人できっちりと店を守って、おやじゆずりの律儀な商売をしつづけているのだ。

そのゴダロの店はだが、きょうはすっかり閉じられてしまっていた。本当ならば、そろそろにぎやかなオリーばあさんとアリスのお喋りと、このところ通いに入ってもらっている皿洗いの女の子、それに、しょっちゅう入り浸っている近所のおばさんたちなどの出入りで忙しくなりはじめているころあいの夕方近くである。仕込みはもうとっくにおわり、さいごの仕上げをしながらころやよしとダンがその夜最初の客を待ちかまえている時刻なのだ。

　だが、きょうは、〈煙とパイプ亭〉のだいぶん古びてきたドアはぴったりしめられ、そこに「本日休業」の札がかけられ——そして、店側の表口はそのようにひっそりしているのに、裏口には妙にひっきりなしに人の出入りがある——それも女ばかりだ。

　それも、当然であった。

（うーん。ううーん）

　だいぶこれまた古びてきた、だがオリーおばさんが清潔に癇性に磨き上げているから、あちこちなめてもよいほどに綺麗にしてある店の上の住居の奥で、いくつかの——正確にいえば二つの——大きなドラマが演じられつつあったのだから。

　ゴダロの店の二階はほんの四室ほどあるだけで、そのうちの一室がダンと嫁のアリスのための寝室にあてられ、まんなかの二室に全部の荷物や家具や、それに仕入れに必要なもろもろをもおき、そしてその二部屋をあいだにはさんで、反対側の奥に、ゴダロ夫婦の寝室がしつらえてあった。オリーおばさんは下町女らしく実際的で、たとえどれほど自分が親切で気さくな人間のつもりでもしゅうとめであり、しゅうとめである以上嫁のアリスはずっとしゅうとめに見張られているのはとても気ぶっせいで、心のやすまるひまとてもないだろうということがよくわかっていたので、遠い未来のことばでいえば二世代同居ではあっても、なるべくダンとアリスの二人だけでいられる場所や時間をとってやれるようにと気を配って、わざわざ新旧二組の夫婦の寝室をもっとも離れた位置にとったのである。その上に、一部屋だけ三階の屋根裏にある、天井が三角の小さな屋根裏部屋を、アリス個人のためにあけてやったのは、まことに親切であった。

もっとも、そのような心遣いをしてやることのできるしゅうとめなればこそ、このしゅうとめと嫁はいたって仲がよい。アリスはなみよりも相当小さな、それこそ一タールとちょっとくらいしかない小さな小さな人形のような娘で、小さなオリーおばさんよりもさえ小柄なくらいだったが、健康で、それに人柄もよろしく、明るい可愛らしい嫁であったので、この一家には、さまざまなあいつぐ不幸や試練にもかかわらず、いつも笑いがたえなかったのだ。

しかし、それも、今夜は途絶えている。それどころではない――じっさい、それどころではないのだ。

（うーん。ううーん。ああああっ）

ダンは、ずっと、店のなかを、うろうろうろうろうろしっぱなしであった。

二階からきこえてくる鋭い叫び声と苦しそうなうめき。それが、誰よりもいとしいものがあげている声とあっては、心配でないわけがない。だが、男どもは一切、その室にまだ入ることを禁じられている。さきほど、呼びにゆかれた産婆のミル婆さんが、手伝いに近所の経験ゆたかな年かさの女二人ともども、二階にあがっていったきり、その寝室の戸は閉ざされてしまったのだ。

そして、また——

この世で何よりも神聖な《誕生》が迎えられようとしているその寝室の反対側で——

オリーおばさんは、一番心配なはずの嫁についていてやることが出来ないでいた。むろん、彼女はおろおろしながら二つの室をいったりきたりはしていたのだが、そのうち産婆がきて、「ここはあたしにまかせといて、お前さんは、つれあいについていておやり。このあといくらでも、赤ん坊にはよくしてやれるけど、じいさんには、これがさいごのおつとめなんだよ」とオリーおばさんを産室から追い出してしまったのだ。

おばさんはそれで、啜り泣きながらも気丈に、長年のつれあいがひっそりと衰弱して死にかけている自分たちの寝室につめきりで、ゴダロじいさんをみとっていたのであった。

(なんて——なんていう晩なんだろう。一晩のうちに同じ屋根の下で、ひとつのいのちが生まれ、ひとつのいのちが去ってゆこうとしている……)

ゴダロは、どこがどう病が重いというわけではない。

ただ、もとより高齢のことでもあり、また過ぎた戦さのおりに、クム兵に殴られて失明して以来、少しづつ、少しづつ衰えを見せていったのだ。遺骸さえも戻ってこなかった長男の戦死、次男であったダンの戦傷、そして三人目の息子のようにいつくしんでいた吟遊詩人のマリウスが長い放浪から戻ってきて、ゴダロ夫妻がまことの初孫として溺愛していたマリニアとその母親のタヴィアとを連れて出ていってしまったこと――そうした、この来る日も来る日も平和に家業にいそしんでいるだけのようにみえる一家にも確実にふりかかっている時という大波の試練のおかげで、ゴダロの老体はじりじりとむしばまれ、この冬のはじまるころには、もうかなり弱ってきてしまっていた。

その前の年くらいまでは、目が不自由ながらも店に出て、何が出来るというわけではなかったにせよ店の隅の揺椅子にすわり、声をたよりに、店の常連の客たちと話をして、いわば座持ちをするのを自分の役割のように心得ていたものだが、それも、長時間はつらい、ということになってしだいに、早い時間にちょっとそうして揺椅子にすわっていてから、すぐ二階の寝室へあがっていってしまうようになった。この家のなかだけだと、長年知り尽くした狭い店と家とて、目が不自由でも手さぐりであまり不自由せずに行動できるのだ。

だがむろん、一歩もおもてへは出ない。ゴダロはけっこう勝ち気で、年老いた上に失明して立ち居振る舞いも不自由になったすがたを昔を知っている者に見られるのをいやがるところがあったし、むろん当時のこととて、少しでもからだを動かすのが健康法だ、などという心得も誰も持っていない。もしあったとしても、この年になったゴダロにいまさらそんなことを強制できるものはいなかっただろう。

そして、夏をこし、秋になるあたりからゴダロはめっきりと弱ってきて、ほとんど二階の寝室から出なくなった。食事もオリーばあさんかアリスが運んでゆくのを、寝台の上にかろうじて起きあがって食べていたが、それもいまでは、ばあさんがひとさじひとさじ、赤ん坊に食べさせるように養ってやらなくてはいけなくなった。それも、柔らかいものでないとうまく嚙んで飲み込むことが出来ない。むろんあれほど好きだった酒も飲まなくなったし、冬より前はそれでもよく思い出話をつらつらするのが楽しみのようだったが、冬がきてからはそれもせず、ただ、いつもいつもうつらうつらと眠っているようなようすになってきた。そのことも、だが、高齢で、もう年に不足もなかろうし、ダンというよいあととりもいるのだし――と、みなあまり気にしてはいない。全体に、アレナ通りのみならず、トーラスでは――いや、モンゴールでもゴーラでも、そんなふうにしてひとりひとりの人生をいたずらに惜しみすぎる風習はこの文化のなかにはない。いのち、というものは、生まれてきて、そして老いて衰えて死んでゆくものなのだ。それは自然のことわりであり、神のさだめられたとおりにあることとなのだから。

オリーばあさんはそれはつれあいのこととて、毎日毎晩、出来るかぎりゴダロじいさんが楽なように、からだをさすってやり、清潔にしてやり、話をしてやり、食事をさせてやり、きわめてゆきとどいた看病をしたが、自分も――じいさんにくらべれば十歳がとこ若いようにさえ見えるくらい元気だといいながら、やはりそれはもう老婆のことで、あまりじいさんの看護に手をかけすぎると自分が疲れてしまう。といって、アリスは小柄すぎて、じいさんが床ずれしないように持ち上げて向きをかえてやるのさえ、アリスの力では大変だ。ダンはダンで足が不自由で二階へのあがりおりもなかなか大変である上に、いまは本当にダンひとりが中心になって仕入れから仕込みから、店を切り回しているのだから、なかなか二階で親父の看病をしているどころではない。気の毒がって近所の婆さんたちが交代で面倒をみにきてくれもするが、それも毎日とはゆかない。そういう暮らしのなかで、じいさんがいずれひっそりとろうそくの火が消えるように息絶えてゆくだろう、そしてゴダロという年寄りがアレナ通りにいたことも、ひとつの追憶になるだろう、ということは誰にもわかっていた。ゴダロ当人もまた、そんなことは百も承知であったに違いない。

「ええか。俺が先にいくのは当たり前のこの世の摂理だからな」

日によってはなかなか頭や意識のしっかりしているときもあって、そういうときにはゴダロはべつだんそれほど嘆き悲しんでいるわけでもないオリーばあさんにこんこんと言い聞かせるのだった。

「お前はまだまだ目も腰も足も達者だ。べつだん、つれあいがおらんようになったといって、ダンもおるしアリスもおる。楽しく暮らして、来るときになったらこっちゃに来たらいいんじゃ。俺は先にいって、オロと楽しくもろもろのよもやま話をしながら酒をくみかわしてお前らを待っておるでな」

「はいはい、わかってますよ、父さん」

　オリーばあさんは、一刻も時間を無駄にしたくない人であるから、じいさんの枕もとで、せっせとつくろいものをしたり、時には粉をこねて肉まんじゅうの下ごしらえだの、小さな中にひき肉の入っているゆでだんごをこしらえる手間仕事だのをしながら、じいさんに相槌をうってやるのだった。

「あたしもそのうち行きますからねえ。でもまだ、アリスが生んでしまって、それで、そちらが一段落つくまでにゃ、あの子にゃあたしが必要ですからねえ。ついとってやらんとね」

「欲はかかん。欲はかかんが、アリスの生む孫の顔だけは見たいもんだ」

　ゴダロじいさんはちょっとさびしそうにもらした。

「それにもっと欲をいうていいんだったら、お迎えがくる前に一度だけ、マリニアの顔をみたい。ありゃあ可愛い子じゃった。いまごろどうしておるんじゃろうなあ……」

「あの子のことは云わないで下さいよ」

　オリーおばさんはマリニアやマリウスの話になるとすぐ涙ぐんでしまう。

「あたしゃ、なるべく思い出さないようにしてるんだから。思い出したら、どうにもこうにも、かわいくてかわいくて、いますぐにでも顔をみにゆきたくなっちまうんだから。でももういまじゃああの人たちは偉いものになってしまったんだから、わたしらみたいな卑しい町場のしもじもの近づきがあるなんて、かえって御迷惑じゃろうしねえ……」

「んなことがあるものか。わしらは生涯こんなに真面目に働いて、まっとうに手前の食いぶちを手前で稼いでやってきたんでねえか」

「そりゃあそうだけど、あちらさんにゃ、あちらさんの手前ってものがおありですから。まあ、いいじゃありませんか、もうじきうちにも孫が生まれるんですからねえ。この孫はずっとうちにいてくれますよ」

「そのころにゃ……俺はおらん。せめてなあ、ダンの子が、歩き出すころまで、生きておられればと思うが……どっちにせよ、俺には、孫の顔を見ることも出来ないんだからなあ……」

　年老いる、ということはくりごとがかさむことでもあるとみえて、ゴダロじいさんも年ごとに、あれこれの無念や思い出や、つきせぬ悲しみもつのるようであったが、それもこの冬を迎えるあたりからめっきりと少なくなった。うつらうつらとしている時間が多くなってきたのだ。そして、この冬のたけなわになったころには、ちょっとかぜけから、ずっと高い熱が続いて、呼んだ医者は「年も年ですし、これが最後かもしれん」と宣告したのだった。それでも、あまりオリーもダンも驚かなかった。おおむね、そんなことは、一緒にいて本当に心をかけて様子を見ていればわかるものなのだ。

ただ、（何も、やっとアリスが産み月になったときにそうならんでもねえ……）と、ひそかにオリーおばさんは思いはしたのだが。

いっぽうまた、トーラスの政情もなかなかに物騒になってきていた。

「また、あのゴーラの悪党がトーラスにきているってよ」

「こんどはあの反乱軍のハラスさまを捕まえにきているんだというから憎いじゃないか」

「大声じゃあ云えねえが、ハラスさまの一味が悪党の暗殺をたくらんでいたという話だが、それがうまく軌道にのる前にばれて、それで大変だというやら……」

「いったい、モンゴールはどうなってしまうんだ……」

地方でも多かれ少なかれそうなのだろうが、トーラス市民は直接にゴーラ王イシュトヴァーンのためにさまざまな被害をうけている、と感じているだけに、いっそう風当たりも憎しみもきつい。いまトーラスでゴーラ兵、ゴーラ軍、ゴーラ王イシュトヴァーンといえば、それこそ「悪魔」そのものの代名詞、とさえいっていい。それこそ蛇蝎《だかつ》のようにいみきらわれ、憎まれているのだ。

しかし、オリーおばさんも、アリスも、ダンも――むろんひっそりと自分の寝床で寝たままゆっくりと死にかけているゴダロも、それどころではなかった。

もちろんまたゴーラ兵がやってきて乱暴でもはじめれば、ゴダロがそもそも失明するにいたったのもクム兵の乱暴のせいだ。店を焼かれたり、掠奪されたり、暴行をうけたり、いつの時代もどの戦争でも、被害を直接にうけるのはこうした名もない町の庶民たちなのだから、そうした世上の動向には関心をもたずにいるわけにはゆかないが、しかし、それ以上に、たとえ何があろうと、明日いくさがこようと、モンゴールがゴーラに総力戦で抵抗を開始しようと、たったいま生まれかけているおのれの子供や孫、ひっそりと一生をおえようとしているつれあいのほうが、はるかにはるかに庶民にとっては大切である。

（うー、う、アアアッ……ううーん……）

ダンにとっては耳をおおいたいくらい恐しいアリスの悲鳴が、もうずっと続いているような気がして、ダンは落ち着いて待っているどころではなかった。ダンにとってははじめての子供なのだ。

（アリス……）

アリスは他の女よりうんと細くて小さい。それに、性根のほうもそのかよわい見かけ通りに、あまり強いほうではない。そこがダンにとっては可愛くてならぬのだが、小さくてか弱くてうら若いアリスが「母親になろうとしている」――そしてそれは、自分の責任でもあるのだ、と考えると、ダンにとってはもう、それこそじっと座ってさえいられぬほど心配でならぬのだ。おまけに、さっき産婆の手伝いにきてくれている二軒となりの果物屋のバーサおかみが、「こりゃあちょっと難産になりそうだから、長くかかるよ。そのつもりで、お前さんはあまり気にしないでいな。気になってたまらんのだったら、どこかへ気晴らしにいってきてもまだきっと生まれないよ」と告げにきたのだった。それでますますダンは逆上してしまったのだ。

腰が細いから難産だろうが、ミル産婆はこのへんで一番うまい取り上げばばあだし、きっと神様のご加護があるからうまくゆく、とバーサおかみは保証してくれたが、ダンとしてはそんなものを信じるわけにはゆかなかった。

(おお、アリス。俺が悪かったんだ。お前みたいなちっさいのに子供を産ませようなんて……)

考えてみると朝から何も食べていない。薄暗い店のなかは、いつもならもうそろそろ最初の客が入ってきてにぎわい出しているころあいだが、あかりもつけないからだんだん薄暗くなってきて、その中にぽつねんと座っているとだんだん気が狂いそうになってくる。

(おお、神様、アリスをお守り下さい。あいつはまだほんの子供なんです)

我ながら薄情だとは思いながらも、ダンはただひたすら、アリスの無事ばかり祈っていた。生まれる子どものことも、死にかけている親父のことも、なかなか祈る気になれない。あまり欲をかいたら神様が怒りそうな気がするのだ。むしろ、本当に正直をいってしまうと、老いぼれた親父は（差し上げますから、かわりにアリスを無事に、どうか）と祈りたいくらいなのだ。ゴダロがきいてもさほど怒るだろうとも思われないが。

「おお、ダン、何してんだい、あかりもつけんと」

オリーが疲れたようすで降りてきて、びっくりしたようにいった。

「いま、あかり、つけるから」

「いや、おふくろ、あかりはいらねえ。なんか、あかりつけたくねえんだ」

「こんな薄暗いとこにじっとしてるとろくなこと考えないよ。それに夕暮れ時に灯りもつけないでいると、たそがれの精霊ジンがやってくるっていうじゃないか」

「そんなもの、来ようが来まいがどうでもいい」

「めったなことというもんじゃないよ。お前、昼飯は食ったのかい」

「………」

「しょうがないねえ、あたしゃ手一杯なんだから、飯屋のくせに自分の飯くらいこさえてお食べよ。なんか作ってやろうか、いま父さんに重湯をこしらえてやろうと思ってるんだけど」

「俺のことはほっといてくれよ、おふくろ」

「はじめての子供だからって、そんなにキナキナしなさんな。生まれるときにゃ生まれるし……あたしだってそうだったよ」

「おふくろはアリスよりずっとでけえからな。タヴィアさんもな」

ダンは反抗した。オリーおばさんは肩をすくめて、台所のほうにまわっていってしばらくかたかたとおきをおこしたり、水をくんだりする物音をたてていたが、やがて、盆の上に何か小さなつぼといくつか食べ物らしいものを用意してやってきて、それと別に小さな椀を持ってきてダンの座っているテーブルの上においた。

「ほら、父さんに重湯を作ったついでに、お前にもかゆを作ったから、これでも食べておおき。とにかくあんたがそうやってびりびりキナキナしてたってしょうがないんだからね」

「もういいから、あっちにいってくれよ、おふくろ」

「云われなくても行くともさ。潮のひくときにひとは死ぬっていうから、お父さんも、もしいくとすればあと小半刻かもしれないと思うからね。それまでは、長いつれあいのことだ、ちゃんと看取ってやりたいじゃないか」

(じっさい、あのくらいの年になっちまうと女ってのもしぶとくてたまったもんじゃねえな)

オリーおばさんが二階にあがっていってしまってから、ダンはひそかにそうひとりごちたが、目の前におかれた木の椀から、よいにおいがたちのぼるので、思わずそれを手にとった。にわかな空腹がこみあげてくる。木のさじがそえられた、ひきわりとうもろこしの黄色い濃密なかゆが湯気をたてていた。

思わずさじをとってひとさじ、ふたさじ、薄暗がりの誰もいない店のなかで口に運ぶ。一口食べるとおのれがひどく空腹なのに気付いて、夢中で食べ始めようとしたそのときだった。

ふと、誰かに見られているような気がして、ダンは顔をあげた。

「お前、誰だ」

ぼんやりとダンは木のさじを持ったまま云った。

それまで誰もいなかった店のなかに、誰かが入ってくる気配もなかったのに突然出現するようなものが、正常な、まともなものであるわけはない。だが、ダンはあまり驚かなかった。もしかしたら、（アリスがはじめて出産している真っ最中）（同時に父親が命旦夕《めいたんせき》に迫っている最中）しかもずっと朝から食事をすることさえ気付かずにおろおろとばかりしていて、空腹で貧血になっていた最中、とあって、ダンの頭も正常には働いていなかったのかもしれない。

そこに、ひとつ向こうのテーブルの上に奇妙な小さいものが腰掛けていた。背の高さはあの小さなアリスの半分ほどしかない。吟遊詩人のような三角の帽子のような頭巾をかぶり、そして長い髪の毛がその下からはみだして背中のまんなかくらいまで垂れている。顔はよく男か女かわからなかった。くりくりとした目がふたつ、きらきらと妖しい光を放っているのはわかったが、そのほかの造作は正直いって、この薄暗がりのなかではあまりよくわからなかったのだ。なんとなく、全体にもやっと光る灰色の霧に包まれているような感じにもみえて、輪郭もときたまはっきり浮かび上がるようでもあれば、ぼやっと消えてしまうときもあるように見えた。灰色の奇妙なぴったりとした服を身につけていて、その背丈にふさわしく手も足も小さく細かった。

「それ」

そいつが、口を開いた。声もなんとなく、どこかで聞いたことがあるようでもあり、そうでないようでもあった。

「頂戴」

「何を？」

「おいしそう。そのおかゆ、食べたい」

「何いってる、これは駄目だ」

「なんでだよ。それ頂戴よ」

「これは、俺の昼飯——いや、夕飯なんだぞ」

「そんなのかまわないよ。何見せてあげたら、それくれる？」

「何してあげたら、それくれる？」

「何してって……」

「なんか持ってきてあげようか。そしたらそれくれる？」

「これはただのひきわりもろこしのかゆだぞ」

「それでもそれがおいしそう。それが食べたい」

「何だ。お前は」

ダンはなんとなく呆れながら云った。おのれがぼうっとしていただけだと思っていたが、眠ってしまって夢をみているのだろうか、というような気もした。だが、夢のなかで、ああ、自分は夢をみているのかな、と考えることなどあるだろうか、という気もした。

「何だって、どういうこと？」

「名前はなんていうんだといってる」

「名前、教えてあげないよ。教えてあげたらおかゆくれる？」

「駄目だっていってるだろう」

「じゃあ、名前教えない。でもジンて呼んでいいよ」

「ジン、って……」

「何だと？」

うじゃないか）

（それに夕暮れ時に灯りもつけないでいると、たそがれの精霊ジンがやってくるっていうじゃないか）

　母親の言葉をダンはぼんやりと思い出した。

「それがお前の名前か。お前、たそがれの精霊ジンなのか」

「違うよ。ばかみたい」

　相手はばかにしたように笑った。本当にひどくばかにしたような笑いだったのでダンはむっとした。

「だってそう呼べといったじゃないか」

「だから、そう呼んでいいよって。本当の名前、お前に教えるわけないじゃない。本当の名前、教えたら俺たちは大変なことになるんだよ」

「大変なことって……」

「教えない。ねえ、おかゆ頂戴よ」

「なんで、このかゆがそんなに欲しいんだ？」

「だってお腹すいているんだもん」

　ジンとよべ、といったふしぎな魔物は、青く光る目でダンを見つめた。

「あんた、どうしてこんなとこにいるの？　あかりもつけないでいるの？」

「上で、子供が産まれようとしてる。それに親父が死にかけてるんだ」

「ふーん……」

魔物は面白そうにダンを見つめた。

「だったら、親父のとこにいって早く遺言をきかなくちゃ駄目じゃないか」

「遺言なんかありゃしないよ。親父はべつだん財産といって持っちゃいないし、ただみんな仲良くやれよっていうだけだろう。——まあ、本当にもうこれがさいごってときにはおふくろが呼びにくるだろうし……」

ぼんやりと答えながら、ダンは、自分がなんだってそんなことを云っているんだろうと思った。だが、青く光る魔物の目で見つめられると、なんとなくなんでも答えてしまうのだった。あるいは何か魔物の魔力にやられていたのかもしれない。

「子供、生まれるんだ。いいね」

「はじめての子なんだ。女房が小さいから、心配でたまらねえんだよ」

「はじめての子どもなんだ」

ジンがぴょいとはねた、ように見えた。だがそれは、細い足をひょいと組み替えただけだった。足の先は奇妙にもなにかのけだもののようにひづめがついていた。こんな妙なものがこれまでどこにいたんだろう、とダンは考えた。

「お前、誰だ」

「べつにいいじゃない、誰だって」

「よくないよ、ここは俺のうちだ。ここにずっといたわけじゃないだろう」

「ここにずっといたよ。あんたたちのことはみんな知ってるよ」

「だったら、俺の親父のことも、女房のことも知ってるんだろう」

「人間のことなんか、そんなにくわしく知らない。名前とか、わかんないし。ずっとここにいたわけじゃないし」

「ここにずっといた、っていったじゃないか」

「この町にいたよ、ずっと。でも、いまこの町からは《気》がいなくなろうとしてるしね」

「《気》がいなくなろうとしている？　それは、どういう意味なんだ？」

「ゴーラの僭王、《災いを呼ぶ男》がこの国の魂をとっちゃったからね」

「魂を――とっちゃった……？」

「そう、国とか町って、必ず魂があるんだよ、その国や町そのもののね。あの男はそれを切ってしまったんだよ。だから、この国はこのままじゃあいられなくなってそのうちに消えていってしまうだろうよ」

「消えて……って、ゴーラがか」

「違うよ、ゴーラじゃない。モンゴールだよ」

「モンゴールが……滅びてたまるか」

かっとなってダンは云った。

「ここは俺の国だ。どうしてこの国が滅びるものか」

「だって、この国を作った男は死んで、その男の子供も死んだよ。だからこの国も死ぬのさ。死んだっていいじゃない。また新しい国が生まれる。町が死んだらまた新しい町が出来る。そうやって、この世界は続くんだから」

「トーラスは死んだりしない」

「死ぬよ、イシュトヴァーンが殺すもの。あの者は《殺す者》だからね。だから、俺たちももしかしたらいまにここにいなくなってしまうだろうね。そうしたら……この町は続いてはいても、もうその町はただの死んだ町になるんだよ」

「わけのわからんことをいう」

ダンはなんだか悪い夢のなかをひきまわされているような心持になっていた。

「だがここは俺の町だ。死んだりするものか。俺はここで生きてるんだ」

「たくさんの人がここで生きてるともさ。だけど、それとは違うんだ。……まあいいじゃないの、あんたにはわからないよ」

「……」

ダンはいやな顔をしてジンをにらみつけた。これはどういう化物だろう、という思いと同時に、こんなたそがれの中でこんな化物とことばをかわしていたりして、ふっと気が付いたら、あの不思議なマリウスの伝説のように、もう三百年もたっていた、ということになってしまうのではないだろうか、という思いがきざしてきた。

「大丈夫、おいらたちは時間を食べる精霊じゃないから」

まるでそのダンの思いが口に出されたかのように、ジンが云った。

「ねえ、そのおかゆを頂戴。そしたら、あんたの……そうだなあ、じゃあ、あんたの子どもの未来を見せてやるよ」

「何だって……」

「それとももっといいことしてあげようか。今日は黄昏の国の女王祭が明日からはじまる、浄めの晩だからね。だから、魔界とこの世とはとてもとても近づいている。そしてこの刻限には、とてもたくさんの精霊や魔物や怨霊や、もっともっとたくさんのものたち、土地神だの数え切れないものがあちこちに出てきている。――ねえ、そういう夜に、うまくゆきあってうまくプレゼントをすれば、とても大きないろいろなものを手にいれることが出来るんだよ。まして、そういう、おいらたちがとても欲しいようなものを見つけてしまったらさ。そのおかゆと何をかえっこしようか。あんたのはじめての子どもの未来を、誰かほかの子のととりかえてあげようか。それともおやじさんの寿命を誰かほかのじいさんの寿命ととりかえてあげようか。ね、それがいいよ」

「とんでもない」

驚いてダンは叫んだ。ジンはびっくりしたようだった。

「どうして？」

「そんなことをしたら――他の誰かがうちのおやじのかわりに死ぬことになるんだろうが。そうじゃないのか」

「まあ、そうともいうね。でもどこの誰かわからないやつだから、いいんじゃないの？」

「とんでもない。うちのおやじは絶対にそんなふうにして生きのびることなど望まないだろう」

ダンは激しく首をふった。

「俺の兄貴は――俺がこの世で一番尊敬する男だが、その兄貴は、ケイロニアの豹頭王グイン、英雄グインを助けるためにいのちを落とした勇士だった。その兄貴の弟として、俺は恥ずかしくないように生きたいと願っている。他の人間の寿命をいただいて、親父を生き延びさせるようなことが出来るものか」

「変な人だねえ。〈煙とパイプ亭〉のダン」

「知っているじゃないか、俺のこと」

「話していると壁や床や、酒つぼが教えてくれるのさ。じゃあ、ちょっとだけ大がかりになっちゃうけど、あんたの生まれてくる子どものために、誰か精霊の力をかりて、素晴しい未来をもらってあげるよ。それなら誰かの運命ととりかえっこするわけじゃないからかまわないだろう？」

「どういうことだ……」

「あんたも、あんたの嫁も、この家そのものがとてもあたりまえで何のへんてつもないありふれた居酒屋で、そのなかであんたたちはごくふつうに平凡に平和に生きてる、そうだろ？」

「そのとおりだ」

ダンはむしろ昂然と答えた。

「それが悪いか。それをいけないと思ったことは一度もない。俺は親父を尊敬し、母親を助け、女房を大事にして真面目に生きてきた。融通がきかないとも云われるし、もっとうまくやるやつはいくらもいるんだと思う。だが俺はこれ以外の生き方などしたくもない。英雄でも超人でも金持ちでもないし、たいした力もなければ金もない、片足もない、その日その日が無事に暮らせればいいというだけの貧乏人だが、それをいやだと思ったことは一度もない。俺はこの暮らしに満足してる」

「あんたは満足だろうけど――それでもいいけど、子どももそれでいいの？」

ジンがずるそうに青い目をぱちぱちまたたかせながらきいた。

「あんたはこの世にもっと力のあるものや、もっとすごいものや、もっと劇的な運命や

──美しい女たちや英雄たち、大きな力をもち、もっと大きなものを得ようとしてたたかっている人たちがいることを知ってるんだろ？　そういう、偉大な人びとや、衆にぬきんでた人たちの仲間に、おのれの子どもがなったら、嬉しいだろうと思わない？　自分はこんなちっぽけなアレナ通りの片隅で一生来る日も来る日も粉をこねて、シチューを煮て、酒をあっためて、疲れて寝てさ。それからまた起きだして、野菜と肉を買い出しに市場にいって、またそれで粉をこねて、シチューを煮て、酒をあったためて、皿を洗って──それで満足かもしれないけど、自分の子どもにも同じことをさせたいと思う？　たとえば、こんなこと、させてみたいとは思わない？　ほら」

ジンがかるく指さきをぱちりと鳴らしてみせた。

とたんに、ダンは目をぱちくりさせた。いきなり、すでにそこは見慣れた薄暗い店の中ではなくなっていたのだ。

（こ──これは！）

それは、見慣れぬ宮殿の中であった。一目で宮殿とわかる、巨大な豪壮な、そして飾りたてられた建物だ。その中に、これまた一目で王座であるとわかる巨大な椅子に一人のまだ若い男がかけていた。落ち着かぬ様子で、深い紅のマントをからだのまわりにかきあつめ、頭の上には王冠をいただいているが、首が細いので王冠がひどく重たそうだ。

「知らせはまだこないのか」

その男が叫ぶのがきこえた。

「国境はどうなっている。早く使いを出せ。国境の様子がわからぬままでは兵を動かすわけにもゆかぬ」

「気苦労も多いけど、それでも豪勢な暮らしは出来る」

ジンが含み笑いをした。同時にその宮殿のまぼろしは消え失せた。それがどこの宮殿であるかも、ダンにはわからなかったが、ただ、かけられたタペストリが奇妙に東方ふうであることだけはわかった。クムかもしれない、とダンはふと思った。

「たくさんの美姫をかかえ、後宮ではよりどりみどり——そうさ、それに金も使いほうだい。うまいものを食って、いい思いをしてさ。それで戦争に負ければ首を斬られる、と」

ジンは舌をタンと鳴らしてみせた。

「こんなふうにね。——だけどうまくやれば首を斬る側にまわることだって出来る。どうなの。あんたの子どもをどこかの王様にしてあげようか」

「とんでもない」

ダンはきっぱりと云った。

「そんなものはアレナ通りの居酒屋の家に生まれる子にはまったく必要ない。不幸になるばかりだ。俺の子がどうなるかは知らないが、俺の子だし、アリスの子だ。望むのはただ、まっすぐに育って幸せでいてほしい、ということだけだ。幸せを守れるくらいに強くなってはほしいし、食うに困ってまがったことをしない程度には金をかせいでほしい。だが、それだけだ――毎日毎日食っていけて、雨風がしのげて、たまにちょっとだけ珍しい遊びをしたりできる程度の金、それだけでいい。それ以上に金があれば、かえって不幸のもとだと思うよ」

「こんなふうにね」

くすくす笑ってジンがいった。

途端に、目の前に、またしても別の何かがあらわれた。ダンは目を瞠《みは》った。それは顔色の悪い、おそろしくぶよぶよと太った老人だった。豪奢《ごうしゃ》な明らかにとてつもない金のかかっているような錦の服をひっかけて、老人が豪勢な大きな大理石の机の上で夢中になって金貨を数えている。机の上にはすでにいくつも重ねて同じ数だけにしたらしい金貨の山が積み上げられている。その老人の手もとには、おびただしい金貨の山が出来ていた。それを老人は必死に数えている。そうしながらもその目には絶望の色が浮かんでいた。

「三十枚足りない」

老人はこの世の終わりのように呻いた。そして、とぼしい髪の毛をかきむしった。

「三十枚足りない。おおバスよ、誰が盗みやがったんだ。間違いない、十日前に数えたときにはちょうど五万ラン、あったはずなのに、三十枚も足りなくなっている。誰かがとったんだ。この邸にはどろぼうがいるんだ。ああ、なんてことだ」

「ときたま、おいらの仲間がああいうのをこらしめるために、ぬすみだすことがあるんだよ」

ジンはくすくす笑った。

「あの老人はパロの金貸しだけど、もしかしたらいまでは、貧しいパロ王家よりも金があるかもしれないよ。だけどもうじき死ぬ。死相があらわれているの、わかるかい？あのなくなった三十枚の金貨をくやむあまり、きっとそれで死んでしまうんだろうね。だがあの老人の息子はいま、いやしいアムブラの女に入れあげているから、あっという間にあの金貨を全部使い果たしてしまうだろう。人間って、ばかなもんだねえ？」

目の前から、金貨を両腕でかかえこむようにしている醜い老人の映像が消え失せた。

「じゃあ、もっといいことを提案しよう。あんたの子どもを英雄にしてあげよう。そんなのは簡単で、あんたの子どもの運命が書き込まれたヤーンのタペストリに、ちょっと一本、ルアーの糸を織り込んでおけばすむ。モンゴールはこれから動乱期を迎えるし、あんたの子どもが大きくなるころには、戦っていくらでも出世するチャンスがある。きっと、モンゴールの将軍にだってなれるよ」

ふいに——ダンは耳を疑った。ざっざっざっ、というようなおびただしい軍勢の行進の音が聞こえてきたのだ。その中に、勇ましいかけ声がとどろくひづめの音を貫いてきこえてきた。

「進め！　進め、恐れるな！　敵はすでに浮き足立ったぞ！　いまこそわれらの部隊が突撃するときだ！」

「恐しい」

ダンはうめくようにいった。遠くかすかにどこからか合戦の物音、馬のいななき、悲鳴がきこえてくる。

「兄のオロも戦って死んだ。俺は兵役で足を片方失った。親父はクム兵に殴られて視力を奪われた。戦さこそ、われわれ一家にとっちゃあ仇だ」

「だけど、そんなことといってたらいつまでたっても何の力もないまんま、踏みにじられるまんまだよ。それでいいの？」

「正直――俺はかつて、悪党どもに襲われてあわやということになったことがある」

ダンはぞっと思い出して身をふるわせた。

「そのとき、なんとまあおのれたちは無力なのだろうと考えた。あまりの無力さととるにたらなさに立ちすくんでしまうほどだった。――だが、それは非常のときだったんだ。そういう非常のときのために、常日頃からそなえているのが、強い人間なのかもしれないが、俺は……どちらにせよ、片足もないし、アリスやこれから生まれてくる俺の子どもをかかえている。年老いた親父とおふくろ、みんないい人間で、平凡で無力な人間だ。──いくさがくれば、俺たちのようなものたちが最初にひどい目にあうのだろう。だが、平和がかえってきたときには、兵士たちではなくて、俺たちの家業が栄える。それでいいんだろうとこの頃俺は思うよ。俺は俺の子どもには、女の子であれば、優しいひとのことを思いやるむすめになってほしい。そして愛する者を見つけておふくろのように人に好かれ、ひとによくして平凡な一生を送ってほしい。男の子であったら、やりたいことをやって、生き甲斐のある、そして少なくていいから気のあった友達と親しく酒をくみかわして楽しむ、そんな一生を送ってほしい。英雄にも、冒険児にも、風雲児にもなってほしいと思わない。そんなのはアレナ通りの居酒屋のダンの子どもにはそぐわないと思う」

「息子が出世して、どこかの王様になってほしくないの？　大金持ちになって一国を金で買えるくらいになってほしくないの？　娘がすごい美人になって、金持ちに見そめられて豪勢な暮らしをしたほうがいいとは思わないの？」

ジンは追及した。

「あんたは知らないだけじゃないの？　そういう力があると、いろんないい思いが出来るってこと──この世の主人公になる、ってことがわからないだけなんじゃないの？こんな片隅の通りで来る日も来る日も粉をこねているのなんて、あんたの代で終わりにして、もっと子どもたちには華々しくやってほしいと思わないの？」

「思わない。俺は、英雄なんか、我が子に持ちたいと思わないんだよ、精霊さん。大金持ちも、傾城の美姫も、すごい学者やすごい王様や女王様も。俺はどこにでもいるありふれた脇役だよ。それのどこが悪い。アリスは俺にとっては誰よりも大事な女房だし、おやじもおふくろも俺には大切だ。そして子どもが生まれたら俺の宝になるだろう。俺はもしかしたらそれを戦乱のなかで、その宝を守り通す力もないかもしれない。だが、それはそれで仕方ないだろう。俺たちはそうやって何百年も、何千年も生きてきたんだ」

　ダンはほほえみ、そして、ひきわりもろこしのかゆを入れた鉢をテーブルの反対側におしやった。

「だが、そんなに欲しかったらこのかゆをとるといいよ、ジン。そして、何もそのおかえしはいらん。俺はいつも貧しい人や困っている人にはためらわずほどこしをするようにしてきた、母親にそう育てられたからな。おかえしのためじゃなく、あんたにこのかゆを御馳走するから、いいだけ食べてくれるといい。あんたが何の魔物なんだか知らないが、この通りやこの町に暮らしているというのだったら、俺の仲間でもあるわけだからな。ちょっとさめてしまったが、そのほうが食べやすいかもしれない、さ、食べるといいよ。俺はなんだか胸がいっぱいだ」

「ほんとにくれるのかい？」

ひどく嬉しそうにジンは云った。そして、ぽんとひとつ、妙に優雅なしぐさで宙返りした。

「有難う。あんたいい人だね、アレナ通りのダン。じゃあ、お礼のかわりに、あんたにプレゼントしてあげるよ。……本当はね、たそがれの精霊のプレゼントはいつもウラがあるんだ。幸せを望めば、幸せに死なせてあげる。大金持ちになることを望めば、おのれの最愛の人の死と引き替えに大金持ちになれる。そうやって、おいらたちは、どんなにこの世界がむなしいところか、どんなに英雄でいたり、選ばれた人でいるというのが大変でつらいことか、なるべく人間たちに思い知らせるんだよ、って命じられているからね。そうしてそういう選ばれた人間たちの苦しみと激しい感情がエネルギーとなって、この世界を動かしてゆくのだから、ってね。だから、選ばれて、しかも幸せな人間なんていないんだよ。そのかわり、選ばれた人間には選ばれたことの恐しい歓喜がある。——それをおいらたちはドールの喜び、って呼んでいるけれどね。……だけど、あんたには、じゃあ、もっといいものをあげよう。何のおかえしも期待しなかったお返しに、何のお返しもないプレゼントをあげるよ。おいらがそんなふうにするの、とてもとても珍しいんだけどね。もしかしたら、あんたは平凡どころか、とっても珍しい人なのかもしれないと思うよ、アレナ通りのダン。——御馳走さま、ありがとう、このおかゆ、とってもおいしかったよ。じゃあね」

はっ、と――

ダンは夢からさめたようにまわりを見回した。

すでにとっぷりと日が暮れたようだった。あたりは薄暗いのをとくに通り越して真っ暗で、そして室はしんしんと冷えはじめていた。さっきまで、ひっきりなしにきこえていたアリスの悲鳴が聞こえなくなっていることにダンは気付いて愕然とした。

(アリス。まさか)

立ち上がろうとしてすっかりからだが痺れてしまっていることに気付く。そして、ダンはふいに、大きく目を見開いた。目のまえには、すっかりからっぽになった木の鉢と、さじだけがおかれていた。

(なんだ、いまのは、一体……)

だが、そんなまぼろしのような出来事よりも、ダンにとっては、妻とまだ生まれていない我が子のほうがはるかに大切だった。

(なんで――なんでこんなに静かになっちまったんだ、なんで……)

ダンがよろよろと、たまりかねて二階に這いのぼろうと松葉杖をつかんだときだった。

ほぎゃあ、ほぎゃあ、ほぎゃあ、という、かよわい、だが力強い声が二階からきこえてきたのだ――

それも、ふたつ。

（え）

「ダン」

ころがるようにして、オリーが階段をかけおりてきた。

「すぐ、おかゆをあっためとくれ。——奇跡だよ。奇跡がおこった。父さん、持ち直したんだよ。……もっと、食うものをくれ、っていってる。孫が無事に生まれた、ってのをきいたとたんに、俺もまだまだ頑張らにゃ、という気持がわいてきたんだ、っていってるよ。——顔色までよくなってきた。お医者さまも、この分なら、持ち直すだろうっていってる。もともと、どこか悪いんじゃなくて、生きる気力が衰えてきていただけだからってね。——なんてことだ、なんて有難いことだ。あたしのつれあいはまだ生きてる。おまけに、孫はいちどきに二人も増えた。なんて神様はありがたいことをなさるんだろうね！」

「ふ、二人？」

ダンはどもりながら叫んだ。そして、やにわに階段を、松葉杖を使うかわりに強い腕で壁の手すりをつかみながら片足で駆け上がった。

ずっととざされていた寝室のドアはあけはなたれていた。かすかに血のにおいが鼻をついたが、もう後始末もすんだあとらしく、寝室にはやわらかなランプの光がひろがっていた。そのなかで、小さな小さなアリスが疲れきったようすで、大きな二人用の寝台の真ん中に横たわっていた。その小さな顔の両側に、もっと小さな顔がひとつづつ——

「ダン」

アリスが、疲れきった顔なのに、光り輝くばかりの微笑みをうかべて、ダンを見上げた。産婆のミルや近所の女たちも嬉しくて嬉しくてたまらぬようににこにこ笑っていたし、あとから入ってきたオリーおばさんはもうとろけんばかりの顔だった。

「双子よ。——それで時間がかかったの。なんてことでしょう、おなかのなかに二人もいたのよ」

「おかしいねえ。あたしはたいていのとき、双子だったらもうおなかの蹴りかたやなんかで見分けがつくんだが」

ミル産婆が顔じゅうくしゃくしゃにして笑いながら云った。

「でもまあいいやね。こんなおめでたいことはありゃしないんだから。——男の子と女の子の双子だよ。いちどきにあとつぎと可愛い女の子ができて、あんたはアレナ通り一番の幸せもんだよ、ダン。本当に」

「名前を考えてやらなきゃ」

ダンは茫然としながら口走った。まさか、これがあの黄昏の精霊の《プレゼント》であるわけはないだろう。それはむしろ、父親が息をふきかえした、ということのほうだったのだろうか。

（あれはいったい……本当は何の精霊だったんだろう……黄昏の国の女王祭……？）

本当にあったことか、それともそういう夢を見たのか、それさえもわからない。だが、目の前で顔を真っ赤にして泣いている二人の赤ん坊の存在だけは、これほど確かなものはないくらい確かだった。

「よくやった、アリス」

ダンは、まだ呆然としながら云った。そして、おそるおそる手をさしのべた。

「子どもが生まれた。——それもいちどきに二人。俺には子どもが、おふくろとおやじには孫が一度に二人も生まれたんだ。いのちは続いてゆく——なんて、不思議な、なんてあり難いことなんだろう。なんて夜だろう……ああ、俺たちに子どもが生まれたんだ！」

どこかで、ほんの一瞬だけ、かすかなくすくす笑いと青く光る目が通り過ぎていったような気がしたが、ダンはもう気にもとめなかった。

ヒプノスの回廊

（ここは、何処だ）

いつも、いつも――

悪夢は、そのようにはじまる、と、かれはかすかにバラバラになってしまったかのような頭の一部で考えていた。

（いまは、何時だ……ここは、何処だ……俺は……俺は、誰だ……）

いずれの問いにも、いらえる者はない。

あったとしたらだが、かえって驚愕してしまっただろう。そこには――かれのおぼろげな視野にうつるかぎりは、誰一人として、生きた人間と見えるものは、いはしなかったからだ。

（それにしても……）

ここは、何処なのだろう。

見覚えのあるようなないような――夢のなかでは、つねにそうであるのかもしれないが。

長くどこまでも続く灰色の回廊――が、かれの目にうつる《ここ》であった。片側には灰色の巨大な、つぎめのない石づくりの建物の壁がそびえてどこまでもどこまでも続いており、そしてその壁から二タッドくらいはなれた回廊の端に、ずらりと灰色の飾りのない円柱が等間隔に並んでいた。それは見渡すかぎり続いていて、それをずっと目で追ってゆくとゆっくりと気が狂ってしまいそうな感じがした。

そのほかには何もない。円柱の立ち並ぶ外側は、ちょっとまたはなれたところに、灰色のつぎめのない壁が続いている。つまりは、回廊は二つの灰色の建物のあいだに挟まれている様子だった。その建物が何で、どこから入れるのか、その手がかりはなにもない。

（ここは……だが……）

奇妙な不安をそそるのは、確かにそれが《知っているところだ》という確信が、おのれの内にあることだ。それも、（よく知っている……）という気持さえする。かれは、ゆっくりとからだをおこした。ずきりと、からだじゅうの節々が痛かったが、そのままゆっくりと立ち上がった。立ち上がりかたを思い出す幼児のようにおぼつかぬ動作で立ち上がり、それから円柱に手を突っ張ってからだをおこして、歩きだそうとしてみた。最初はまるで、足の動かしかたを頭が無理に思い出そうとしているかのような妙な感覚があって、それから、足はなにごともなかったかのようにすらすらと動き出した。

（ここは……）

暑くも、寒くもない。どこからともなく、うっすらと明るすぎもせず、暗すぎもしないちょうどいいおだやかなあかりが回廊を一面に照らしている。風も吹かず、何の気配もせず、においもない。

おのれを見下ろしてみると、長い銀色のマントのようなものに身を包んでいた。そのなかは銀色の同じ材質で作られた、からだにかなりぴったりとしているが充分にゆとりのあるとても着心地のよい衣服を着て、胴回りにはかなり幅の広い黒っぽいベルトをしめている。そのベルトの中央に小さなバックルのようなものがあり、そのまんなかに、赤い何かの磁石のようなものにみえるものが埋め込まれていた。手は手首まで包まれ、足は膝下までの黒いブーツに包まれている。そのブーツは、履いていないのかと思われるくらいに履き心地がよく、歩いていても、足に何ひとつ振動を伝えてこない。

何の音もしなかった。そして、誰もいない。回廊を進んでゆくと、ゆくさきざきで、どこからともなくぽっとあかりがともって、回廊のその部分だけ明るさを増した。それは明らかに、なにものかが監視していてそれをともしているのであろうはずもなく、この回廊そのもののあかりの機能が、ひとの接近を認知して勝手にともるようになっているのであるようだった。

それからしても相当に文化の程度の高い場所であることが察せられたし、またこの静けさと、この無人と、そしてこの暑くもなく寒くもないおだやかさ、湿気もなく、肌にここちよい快適な状態からも、それは明らかであった。それは明白に、人為的にここちよいように調えられた環境でしかありえなかったからだ。

(ここは……)

かれは、足音を静かに吸い取ってしまうようなその回廊を、しばらくのあいだ、黙り込んで歩いていった――といっても、同行者ひとりもいない状態では、黙り込んでいるよりもしかたなかったのだが。

だが、あまりの静けさにふと不安がきざして、「誰かおらぬのか!」と、低く声を放ってみても、その声もまた、足音と同じように、周囲の灰色の壁と、足元の、同じ灰色が少し濃くなったような濃灰色の床とに、ものやわらかに吸い取られた。かれは、なおもまたしばらく黙々と歩いていった。

決して穏やかな、満ち足りた心持ではなかった。それどころか、さまざまな不安と恐怖と疑心暗鬼とが、頭のなかに渦巻いていた。それも当然であった。ここがどこで、いったいなぜ、おのれがここにいるのか、皆目見当がつかぬのだ。おのれがなにものであるかだけは、もう、しだいに脳が目をさましてきた、とでもいうようにわかっていた。だが、そうであればあるほど、いっそう、その状況は異様であった。

（俺の名はグイン――中原最大を誇る強国ケイロニアの豹頭王と呼ばれる王にして、獅子心皇帝アキレウス・ケイロニウスの女婿、ケイロニア大元帥――）

その、かれの思い出したおのれの素性、出自を、あかしだててくれるものも、保証してくれるものも、まったくそこにはない。服装もまったく見覚えのない、あまりにも異国風のものであったし、場所にいたっては、そのような建築様式も、また、建築材料も、グインの記憶のなかにはついぞなかった。

それ以上にかれを戸惑わせていたのは、ここにこうしておのれが存在している、ということについて、ここにいたるまでの経過がまったく思い出せぬ、ということであった。かすかに、ほんの少しおぼろげに、逃げ水のような、さめた刹那に思い出そうとする夢のような記憶は存在している気がする。だが、それは、手をのばした瞬間に逃げ散ってしまってあとをも残さないたぐいのものだ。

（俺は、何故ここにいる。――いったい、どうやってここにきた。これは夢のなかか。これはただの、ヒプノスの回廊か……だがこのすべての感覚は夢であるにはあまりにも生々しいように俺には思われるのだが……ここは何処だ。いまはいつだ。そして、俺は何故……）

誰も、いらえるものはおらぬ。

やはりここは、夢のなかなのだろうと、豹頭王は思った。もしそうであってみれば、いつかはさめるのだろう。これほどにまざまざとした夢は珍しかったが、ないわけではない。ただ、おのれが——いまのおのれも、また夢見ているのであろうおのれの本体も含めて、いったいいかなる状況に置かれているのか、かいもく見当がつかぬのが、つねにおのれの才覚によって状況を律し、どのような不可能に思われる状況をも御しておのれの思いのままとしてきたグインにとっては、かなり不安でもあれば、不愉快でもあったのであった。

(くそ……誰もおらぬのか)

これが夢だとしても、相当にやくたいもない夢に違いない。そう考えながら、グインは、ゆっくりと回廊を歩いていった。

(どうしたのだったかな、俺は……それに、誰も……おらぬのは何故だ……やはり、夢の中だからなのか)

夢の中でないとすれば、夢魔のしわざか、それとも、何か異変がおのれにおこったかだ。だが、異変というには、妙にここは静かすぎる。

(夢のなかに閉じこめられる——それを、なんとやらいうのだったな……ヒプノスの術か。それにしても……)

この、なんともいうにいわれぬ微妙な違和感は何だろう。

ふいに、グインは、声を張り上げてみた。

「誰か！　誰かおらぬのか！　返事をしろ。俺はここだ。誰かある、返事をしろ！」

いつまでも、そうしてただ一人長いはてしない回廊をとぼとぼと歩いている――というような、この状況に耐えきれなくなったのだ。

（ここが何処であろうとかまわぬ。いまがいつであろうとかまわぬ。ただひとつ確かなことは……）

それは、ケイロニアの豹頭王はつねに忙しいのだ、ということだ。夢のなかでさえ、こんなふうに時間を浪費しているひまはない。

だがグインの獅子吼に、こたえるものがあるようすもなかった。

（くそ……）

まさしく、これはヒプノスの術なのだろうか、とも思えた。

まだ、意識を取り戻して――あるいはこの夢のなかに入って、あたりに灰色のこの円柱の続く回廊しかないことを発見してから、いくらもたっておらぬのか、それともどのくらい時間が経過したのかは、グインにははかりようもない。またここには、太陽のかげり、その高さによって時をはかるすべもない。だが、グイン自身の感覚としては、なんだかもう、おそろしい、永劫に近いほどの時間が経過したようにさえ思われていた。

（もう、沢山だ……）

こんな、見渡すかぎりの灰色のなかに、閉じこめられてしまうなど真っ平だ。

そう思うと、いよいよ焦る心持がつのってくる。だが、ここから出ることが出来ない。

（扉ひとつない。――何も起きぬ……確かに、これは……第一等の悪夢に違いないな……くそ）

つねに冷静で、落ち着き払っているケイロニアの豹頭王が、これほどの焦燥に襲われることは珍しかった。たとえ夢のなかでさえだ。だが、《何も起きぬ》ということほど、グインを焦燥にかりたてることはなかったかもしれぬ。

（こんなところで……こんなふうに閉じこめられている暇など、ないのだ、俺には……）

もといたところにもどりたい。

そう思って、ふいにグインは妙な気がした。

（もといたところ……とはどこだ……俺は、何処にいたのだ……）

目をとざすと、何か、暗いものが記憶のなかに浮かんだ。それは、果てしない、星々をちりばめた宇宙の海に似ていた。おのれはそこに、夢のように漂っていた気もする。

だが、むろんそんな筈もなかった。生身の人間には、生身であの星々の海を漂うことなど、出来よう筈もないのだ。

（だが……目にうかぶのは一面の星空だ……これは……）

そのまえには、何があっただろう。なぜこう、記憶が混乱しているのだろう、と思う。何があったのか、この灰色の回廊のなかで目覚める前におのれが何をしていたのか、これほど思い出せないというのは何故なのだろう。

（俺は……いったい、どこにいて、何をしていたのか……）

ユラニア遠征の途上にあったか、それともケイロニアの深い森のなかにいたか。さわやかな寒気につつまれたサイロンの朝、黒曜宮のいまとなってはもっとも見慣れたベッドで目をさましたか。それとも馬上ゆたかに見知らぬ異国の遠征の途にあったか。それさえも、思い出せぬ、というのは、ここが、深い深い夢のなかだからか。

（俺は……）

またしても、焦燥にかられて、グインはかるく拳を握り締めた。

（こんなことをしているひまはないというのに。——そうだ、＊＊＊が——）

はっと、そこで身をちぢめる。いったいいま、《誰》のことを思い浮かべて、それが待っている、と云おうとしたのか、それとも、それとのかたをつけねばならぬ、と云おうとしたのか。それはわからぬ。はっとつかみとろうとした一瞬のちにはもう、それは、起きたその瞬間に忘れはててしまった夢さながらに散ってしまっている。ただ、空手に虚空をつかむもどかしさのみが残る。

（くそ……）

思いきり、拳をかためて、灰色の、石のように見えるが触ってみると妙にやわらかい壁を殴りつけようかと手をあげかけて、グインは思いとどまった。手をいためることもだったが、うかつにえたいのしれぬこの世界の秩序をおびやかすことで、この世界がいきなりどのような化物じみた姿をみせておのれに襲いかかってこぬものでもないと恐れた。

だが、ここでこうしているわけにもゆかぬ。ふりかえってみると、どうやらかなりとぼとぼと長いこと歩いてきたとみえて、うしろにも同じ円柱の坦々とつらなってゆく回廊が続いている。前にも、うしろにも、同じほどに、数え切れぬ円柱が立ち並び、はてしない回廊が続いている。そのほかには何もない。

ふと思い立って、円柱の外に出て上をあおいでみた。そこには、青いともつかず灰色ともつかぬ、半端な空が、うすらぼんやりとひろがっているのみであったが、それでも、そのおかげでひとつだけわかったことはあった。いまが、夜ではない、ということだけだ。だが、それとても、もしかしたら、人工的な明るさで描かれた、作られた空であるのかもしれなかった。

（くそ、こんな目にあうのだったらば――いっそ、おそるべき怪物でも出てきたほうがマシだな）

だが、腰をいくらさぐってみても、そこには、いつも下げている愛用の大剣はない。グインの焦燥と強い不安のほとんどは、まさしくその事実、剣を帯びておらない、というところから、きているようにも思われた。

（なら……そうだ、スナフキンの剣が、俺にはあるはずだ……）

呼び出そうとしてみる。

「スナフキンの剣よ！」

だが、いくら、念をこらして、空中に、魔道の剣を出現させようとしてみても、剣はどこにもあらわれてこなかった。それどころか、それが出現するときの前触れになる、あのあやしい光さえもまったくあらわれぬ。

（む……）

今度こそ、かなりの焦燥にかられながら、グインは、今度は腰にしめたベルトをさぐった。いつもなら、その内側に隠し袋があり、そこには、グインにとってはそれもまた夢のなかのふしぎな冒険であったのではないかとさえ、いまは思われる、あのふしぎな国でグインの《伴侶》となった、グインの守り本尊のようないのちある宝玉、『ユーライカの瑠璃』がひっそりとおさまっているはずだ。だが、そこに何もないことは本当は、スナフキンの剣よりももっと早くわかっていた。なぜなら、そのベルトはかなり幅広であったのに、あまりにもぴったりとして、グインの肩幅のわりに細く締まっている腰をしめつけており、とうていそのなかに何か、ユーライカの瑠璃のようなものがおさまっているようなスペースはなかったからだ。

(俺は……どうしてしまったのだろう)

やはり、もっとも簡単に結論づけられるのは、(自分は、深い夢のなかで、なかなかさめられぬ夢を見ているのだ)ということであった。

だが、そうであればあるほど、そのままでいるわけにはゆかぬ。

(早く、目がさめぬと……)

ヒプノスの術にかけられたものは、どのようなことになるのだったか。グインは、以前、何かで魔道師の誰かにきいたことがあるような、うろおぼえの知識をまさぐった。確かヒプノスの術というものは、夢魔の回廊にひとをひきずりこみ、そのなかでもっともおそれているものやもっとも望んでいるものを見せて、恐怖のゆえか、それとも耽溺のゆえに、そのひとを、ついに夢のなかから醒めぬ状態にしてしまうものであったと覚えている。

(俺は、ヒプノスの術にかけられているのだろうか。だとしたら、誰が、何のために)

それが出来るものは、相当に力のある魔道師であったはずだ。

(まさかまた——グラチウスの陰謀か？　それとも……)

ほかにも、グインに敵対し、あるいはグインを手に入れたいと願う黒魔道師がいる、ということなのだろうか。

それにしては、だが、この灰色の回廊は妙に現実的でもあったし、しかも、妙に、どこかかすかながらも、見覚えがあった。

もっともグインを不安におとしいれているのはまさにその点であった。この回廊に、見覚えのあることだ。

(俺は、ここを……知っている……だが、ここが、俺の知っているいかなる中原の世界にもなかったことははっきりしているのだが……)

ケイロニア、パロ、モンゴール、ユラニア——おのれの知っている国々を思い描く。そしてまた、はるか東方のキタイ、辺境の砂塵ふきすさぶノスフェラス、死霊たちの巣くうかのルードの森、あやしい死の都ゾルーディア、氷雪の北方。

おのれが経てきたあまりにも多くの国々はひとつひとつ、克明に思い出せる。だが、そのなかに、このような奇妙な回廊を持った国などは、ただのひとつもなかったと思う。何よりも、本当は、グインにもうわかっていた——この回廊の、この壁、この床、そしてこのあまりにもなめらかな円柱の材質は、グインが属している中原の世界では、決してありえぬものなのだ、ということはだ。

(と、いうことは……)

いったい、どういうことなのだろうかとグインは思った。

(俺は、未来の国へ閉じこめられているのか。それとも)

このまま、先へ、先へと回廊を歩き続けてゆくことは、なんとなく、ゆっくりと発狂してゆくことにほかならぬような気がした。グインは足をとめ、もう、何ひとつ変化のない、何本の円柱をこえたかもわからぬようなその回廊を先へとゆくのを諦めて、どかりと座り込んだ。どちらにせよ、いつのまにかかなりの疲労を覚えていたところをみると、けっこう長いこと、この灰色におおいつくされた夢のなかを歩きまわっていたようだったのだ。

「ハゾス! ハゾスはおらぬのか。——小姓!……ゼノンは……誰かある。トールはおらぬか?」

おのれの身近にはべる、信頼するものたちの名を呼んでみても、むろん、「陛下、お目覚めでございますか」と、あわてて顔を出す、当番の小姓の可愛らしい顔も見えなかった。そもそも、そのおのれの声がどこに届いているのかもこころもとない。

(くそ……いっそ、眠ってしまえば、もう一度目をさませば……どちらにせよ、このいまいましい灰色の回廊でないところに、同じ夢であろうとももうちょっとはマシなところにゆけるのかな)

グインは目をとじた。そのまま、ごろりと横になろうかとさえ思ったが、さすがにそれはあまりにも無防備な気がして、あぐらをかいたまま、いつでも立ち上がれるようにさりげなくかまえていた。日頃なら、剣を抱いて目をとじるところだ。だが、愛用の剣がない、というのが、またとない不安な心持に誘う。

眠りは、その不安のゆえか、いっこうに訪れてはこなかった。そもそも夢のなかであるのだから、もう一度眠って夢をみるということもないのだろうかとグインは思った。

そのまま、どのくらい、じっとしていたものか、覚えがない。だが、突然、魂切る叫びが、グインのトパーズ色の目をかっと開かせた。

「あああ！」

まだいかにもうら若い、少女の声が叫んでいた。信じがたいものを見た声音であった。

「あああ！　陛下、陛下が、なぜ、このようなところに！」

「何だと」

グインはかっと目を見開くと同時にぱっと飛びすさっていた。目のまえに、ほんの小さな、グインからみたら胸までもないような華奢な、白灰色のふわりと長い、グインのまとっている服とよく似てはいるが、もっとずっと材質がやわらかそうに見える衣服をまとった少女がいた。その目は驚愕に見開かれている。ありうべからざるものを見た顔だった。

髪の毛はやわらかな青緑であった。その、やはり中原ではありうべからざるはずの髪の毛を、少女は頭のてっぺんできれいにたばねあげ、くるくるとまとめていた。ふわりとした白灰色の服はどこか奇妙な感じがした――グインはどこが奇妙なのか気付いた。その服には、まったく縫い目というものがなかったのだ。それは、まるで、その布の意志で少女にまといついて、少女の命じるままに、少女の希望どおりの格好にまきついたとでもいうかのようであった。腰のところに、髪の毛とよくうつる青い色のサッシュベルトがまきついている。それはグインのベルトとよく似た材質にみえて、まんなかにやはり大きな、青い丸い石のようなものが埋め込まれていた。

少女は可愛らしかったが、グインの目にはまたひどく奇妙にみえた――それでいて、それは、とてもよく見慣れた感じをも誘った。どこがそれほど奇妙なのか、またグインは気付いた――少女の顔は目鼻の数などは一応あたりまえの人間のようにみえたが、目がまったく違っていた。それは、ネコ《ミャオ》の目のようにつりあがり、切れ上がっていて、そしてその目は白目のない、完全な緑色でまんなかに細長いたてながの瞳孔が開いていたのだ。おまけに、少女のその青緑の髪の毛の、ちょうど頭の部分――グインの豹頭の耳があるのと同じ部分に、可愛らしい猫の耳のようにみえる青緑の突起がふたつついていた。鼻筋も顔面の真ん中にむかって盛り上がり、それもまさに猫そのものの顔貌を思わせた。それにグインが驚くのも奇妙な話であるといわねばならなかったかもしれぬ――まさしく、むしろ、その猫の頭を持つ少女のほうが、中原でみる、ごくあたりまえの、人間の面体をしか持たぬ人間たちよりも、グイン本人には、はるかに似通っていたからだ。

「お——前は……」

グインの声が、驚愕のあまりかすれた。

だが、猫耳の少女はその緑いろの目を大きく見開いたまま、両手に何か丸い灰色がかった楕円形の入れ物か球のようなものをもち、わなわなとからだをふるわせていた。

「どうして！　どうして陛下がお戻りになったんです！　どうして……陛下はもう、ずっと……はるか遠い……《＊＊＊＊》へ……転移されたはず……」

「何だと」

グインは叫んだ。おのれの声がおそろしくいんいんとして響く気がした。

「ここは何処だ。お前は何者だ。名はなんという。俺を知っているのか。俺を、お前は」

「なんということを……」

緑の目の猫頭の少女は、悲鳴のような声をあげた。グインが、ひと足にかけよって、その細い腕をひっつかんだのだ。

「いけません。＊＊＊＊が落ちてしまいます。これが壊れたらまた大変なことに。いけません、陛下、お許し下さい」

「お前は誰だ」

グインは食いしばった牙のあいだから押し殺すような声をあげた。少女が苦しそうにおもてをふせた。

「お許し下さいませ、グイン陛下。わ、わたくしは女神様にお仕えするユラというものでございます。名もない身分いやしい女小姓でございます。陛下のようなとうといおかたが、お見知りになろうはずもござりません。でももちろんわたくしのほうは、陛下を存じ上げております。陛下がどのようないきさつから流刑におあいになったかも存じ上げております。流刑からひそかにお戻りになって、女神様に復讐に見えたのですか。ああ、恐しい。お手を、お手をおはなし下さい。これを運んでゆかなくては、女神様は──

──アウラ様は……」

「アウラだと」

グインは荒々しく吠えた。ユラが悲鳴をあげて身をふるわせた。

「お許し下さい。陛下のお怒りはごもっともでございます。なれど、それは……それはユラごときいやしい者のあずかり知らぬこと。どうか、どうか、お手をおはなしになって、お見逃し下さい。お見逃し下さい！」

「……」

グインは、荒々しい息づかいでユラを見下ろした。

「ならば、逃げぬと約束しろ。女小姓のユラ」

グインは激しく云った。ただひとり、この夢魔の世界の謎をときあかしてくれるかもしれぬ、ようやく見つけた相手を逃すわけにはゆかなかった。

「そして俺の問いに正直に答えるのだ。そうすれば、何も手荒なことはせぬ。よいな。そのかわり逃げたら――ただではすまさぬぞ……」

「は、はい。はい、陛下、もちろん……それはもう……どうしてお手向かいいたしましょうか……」

「まず、云え――ここは、どこだ。この回廊は」

「ここは……ヒーラーの回廊と呼ばれている通路でございます」

「この建物はなんだ。この、左のこれは」

「これは、アウラ様の、女神様の新しいご祭殿でございまする」

「新しい祭殿だと。この右のはなんだ」

「その祭殿の付属の施設でございます。わたくしども、女神様のお身の周りのお世話をいたしておる者たちが、ねとまりし、研鑽をつみ、互いに切磋琢磨いたして、女神様のお世話に御不自由なきよういたしております」

「お前は、何処からきた」

「その、付属施設から参りました」

「何処へゆく」

「それは、あの」

猫の少女の顔に、甚だしい動揺があらわれた。グインはさらに追及した。

「云え。何処にゆこうとしていた」

「あの――アウラ様の……御寝所に……」

「アウラ・カーの寝所にだと」

グインは鋭く云った。そして、おのれの口が、そのような言葉を発したことに一瞬驚いた。

（アウラ――アウラ・カー……だと。だがそれは……）

「何の用だ」

「この……この《お水》をお持ちするところでございます。ご聖水を、お休み前のアウラさまにお届けするために急いでおります。ごしょうです、もうお許し下さい」

「……」

「陛下」

ふいに、猫娘のユラは、ひどく真剣な顔をした。

「この回廊は……わたくしどもしか通りません。今日のお当番はわたくしで、わたくしがご聖水をお届けすれば、もう今日はここを通るものはひとりもございません。陛下、わたくしは……わたくしは何も見ておらなかったことにいたします。陛下がここに――

ランドックにお戻りになったなど、決して誰にも他言はいたしません。それはもう、信じていただいてよろしゅうございます……ですから……」

「何故だ?」

グインは、おのれがかなり皮肉な声音で問うのをきいた。

「何故、そのように、追放されたこの俺に親切にしてくれる? 俺は許し難い重罪人としてアウラ・カーに断罪され、追放された廃帝の身の上だぞ」

「それも、存じております。でも、陛下のせいではない、とも……わたくしどものあいだでも、ひそかにご同情申し上げるものたちもおりました。陛下とても神ではおありにならぬ。神でおありになるのはアウラ女神さまだけなのですから。その女神さまでさえ予測され得なかったあれほどの災厄……それを、ひとの子である陛下のとがとだけおっしゃられるのは、アウラさまもあまりにもお気の毒というもの……と……」

「災厄……災厄だと」

グインは歯を食いしばった。続けて、その災厄とはいったい何だ、と問うてみれば、おそらくユラは素直に答えたことだろう。だが、そう問えば、おのれが、その災厄とはいったい何であるのか、もういまではまったく知識がないことを明らかにせねばならぬ。それはかなり危険だ——という、奇妙な心のなかの声があった。そして、たいていのとき、グインは、おのれの内なる声には素直に、直感的に従うことにしていたのである。

「ユラ。本当にそう思っているのか。俺が気の毒だと」

「まことにそう存じておりますとも。そう思っておりますものは、わたくしだけではございません」

同情的に、緑色の猫の目をきらめかせながら、少女は叫んだ。

「ですから、ここで陛下には、お会いしたことなどなかったということにいたします。ですからどうぞ、どうぞまた一刻も早くランドックの地からお立ち去り下さい。女神さまは、陛下を御発見になろうものなら、またしても手酷い罰をお与えになりましょう。——陛下の追放式はたいそうむごい儀式でございました。もう、二度とあのような残酷な光景は見たくございません。さあ、陛下、どうか、お逃げ下さい。ここから、いますぐ……」

「それが、俺は逃げるに逃げられぬ状況にあるようなのだ」

グインはうめくように云った。

「何か飲み物を持っておらぬか。俺は何も持っていないのだ」

「むろん、ご聖水をおわけするわけには参りませんから……」

ユラは、困惑したようにいった。

「それにご聖水を床におろすことは許されておりません。ほんのちょっとお待ちいただければ、アウラさまにこの聖杯をお届けしてから、すぐに戻ってきて……陛下のために、食べ物と飲み物くらいはお届けすることは出来ますが」

「なぜ、そのようによくしてくれるのだ、ユラ？　俺が重罪人であると知っているのに」

「ですから、それが冤罪であったとは申しませんが、女神様のおさだめになった罰はあまりにも重すぎたと、みなが思っております。それに、私どもはみな、陛下を心からお慕いいたしておりました」

　ユラは云った。

「私ども、バルバーローの宮殿のものたちはみな、陛下をご尊敬申し上げ、この上もなくお慕いしておりました。……たとえ、それほどひどいあやまちをおかされたとはいえ、それはやはりアウラさまの嫉妬がなされたこと……ああ、でもそのようなことを云ってはなりませんでした。わたくしはアウラさまのつかわしめです。女神さまのなさることには間違いは決してありませぬ。陛下はトーラン・ツーランの全滅のために重大な役目を果たされ、その結果かの惑星は消滅のうきめを見ることとなったのです。それはまさに陛下の罪です。――でも、ただひとりの配偶者でありながら、女神さまのなさりようは酷すぎました。そこまでの恐しい罰にあたいするほどの罪が、この世にあるものでしょうか。ガンブロゾーの者たちもみなそのように考えております」

「……」

ユラの口にする単語は、みなグインには理解できなかった。

だが、必死に、グインはそれをなんとかして記憶に留めておこうとした。それは、グインのもたぬ、グインがあの中原の、ルードの森にはじめて存在して以来の唯一の、それ以前の生への手がかりであったからだ。

「そう思ってくれるなら、ひとつ頼みがある」

グインは鋭くいった。ユラが怯えたように目を瞠った。

「どのような……でもわたくしは……」

「アウラのもとへ俺を連れていってほしいのだ」

云ったとたんに、ユラが悲鳴をあげた。いまにも気を失いそうにみえた。

「そんな。そんな恐しい、そんな……」

必死に首をふりながら、落としそうになった聖杯を抱え込む。それにしがみついていなくては、正気を失ってしまいそうだ、とおそれているかにみえる。

「駄目です。そんな恐しいこと……そんな、わたくしまで永劫の惑星での罰を受けることになってしまいます。そんな恐しい、そんな……」

「だったらこの場でこの俺にそのほそ首をへし折られたほうがよいか？」

グインは鋭く云った。ユラは驚愕したように緑色の目を大きく見開いた。

「なんという……なんということを……」

「俺をアウラのもとに連れてゆくのだ。アウラには、お前にはなすすべもなかった――俺が無理矢理にそうさせたのだと申し開きをすればよい。でなくばここで俺に殺されるかだったのだと云えばいくらアウラといえども――」

「いいえ……いいえ」

ユラはしゃくりあげた。

「あのかたは、決しておゆるしにはなりません。あたくしは、あなたさまと出会ったというだけで、死ななくてはならないのですね。ああ、この日がわたくしの当番だったことがわたくしの運命だったなんて、誰ひとり朝には知るものとてもなかったのに。でもしかたありません。わかりました、アウラさまのもとにご案内いたします」

「頼む」

グインは云った。

グインの心臓はどきどきと激しい音をたてていた。これほどに激しい動悸は経験したこともないほど、心臓は激しく高鳴り、そして首のうしろで血管はいまにも破れそうに激しい音をたてていた。

(アウラに……アウラに会えるのだ。ここは、ランドック――俺の……俺の本当の生まれ故郷、俺が生まれ育ったところ、まことの同胞たちのいる場所なのだ……)

(そしてこの猫娘も……これが俺のはじめて出会った――少なくとも追放されてルード

の森にあらわれて以来はじめて、俺が出会った、本当の同族、同種族というわけなのだ。

……なんということだろう……)

その緑色の猫の目と、青緑色の髪の毛と、そしてあやしい猫の耳、その猫の顔——それは、ある種の美をそなえているとはグインは思ったが、だが、それのほうが、ケイロニアや他の中原で見慣れた平板な人間たちの顔よりもおのれの種族であり、おのれに近しいものなのだ、とはどうしても感じられなかった。それは夢のなかだからなのだろうかとグインはうっすらと思いさえした。

(夢のなかで俺はランドックに戻ってきたのか……それとも……これはまことなのか……)

(アウラに会って……アウラに会いさえしたら、すべての謎はとけるに違いない。俺のいだいていたすべての謎も……俺の氏素性の秘密も、何故俺があゝして、裸で記憶を失ってルードの森に出現したか、という謎も……)

(もっともそれは、星船のなかと、それにいたるまでのアモンとの戦いのなかで、かなりの部分、とけたといえばとけたようなものだが——だが、まだ……)

わかっていないことは多すぎたし、何よりも、それらはすべて、《ことば》にすぎない、という気もしていた。確かにきかされたことどもはたくさんあったが、それはしかし、事実だという実感もなく、またランドックやアウラについても、それがまことに実在しているものだ、という重みを感じたことは一回もなかった。

それがついに――夢の回廊を通ってとはいえ――実現して、おのれはいままさにランドックにいるのだろうか――そう思ってみたところで、いっこうに胸が弾んでこぬのはどのような理由なのだろう、とグインは思う。

（俺は……もう、いつしか、あの惑星の……中原の人間となりはててしまっていたからか。……なんだか、この灰色の回廊も、この猫顔の娘も……これが俺のふるさとだ、やっと戻ってきた、などという親しみをまるで感じられぬ……よそよそしいわけではない、だが、まるで、客人にでもきたかのようだ……）

「……こう、おいでなさいまし……」

ユラが囁いた。その緑色の瞳は、ひどく緊張しきってゆらめいていた。グインはユラの腕をつかんだまま、ともに歩き出した。

「お願いです。指をゆるめて下さい」

哀れな声でユラが訴えた。グインは、まだなかば以上、これがまだ夢なのか、それともそうではなく、おのれは本当にランドックにいるのか、なぜかは知らず、おのれのうつし身がおのれの本当のふるさとに飛ばされてしまったのか、と考えていた。

（そうだ……転移……カイザー転移……星船のなかで……俺は命じた……カイザー転移をしろと……そして、俺は……どこにそうしろと命じたのだったか……そうだ、俺は、ノスフェラスに俺を転送しろと——そう、星船の《システム》に命じたのだった……）

なんと、おそろしく昔のことのように時をへて思われるのだろうとグインは思った。

（そうだ、そして……星船に自爆せよと命じた……アモンをこの世からほろぼすために、アモンともども自爆せよと……俺の船、俺の愛した《ランドシア》はもうないのだな……しかも、船のマスターそのひとの命令によって……）

頭のなかに、なぜそれがこれまで戻ってこなかったのかと嘘のように、明確ですっきりとした記憶が戻ってきていた。それが失われたことなど、ただの一回もなかったかのようにだ。

「アウラ・カーはまた、《日没の祈り》の儀式の時期に入っているということだな。新しい祭殿に入ってとじこもっている、ということは」

「さようでございます。ですからまことは、そのお祈りを乱すのは、それだけでもたいへんな罪でございます。あたくしも、おそらく……分解刑に処せられるのだと思います」

猫の少女は啜り泣くような小さな声でいった。

「でもそれがあたしの運命ならいたしかたはありません。では、陛下、転移いたします」

「ああ……」

問い返そうとするいとまもなかった。

　突然、灰色の長い壁のまんなかに、黒い渦巻きのようなものがあらわれ、みるみる大きくなった。

（あっ……）

　グインが叫び声をあげそうになったとき、少女はためらうことなくその渦巻きの中に入っていった。グインも一瞬の戦慄のあとに、あえて歯をくいしばってそれに続いた。

　からだが何か急激に吸い込まれ、変容してゆくような、からだが一瞬溶けくずれて異なるものに変身してゆくかのような異様な感覚があって、そしてそれは、一瞬の意識の喪失のはてにすぐ消えた。

（ここは……）

「陛下が祭殿にお戻りになったことは……いやでもエネルギー流の変化によって、アウラさまには知れましょう」

　もう、覚悟のほどを固めたのか、ユラはあまり騒ぐようすもなく云った。

「そうなれば、祭殿の衛士たちが押し掛けて参りましょう。お急ぎ下さい。もしもまことにアウラさまにお会いになるつもりでいらっしゃるのでしたら」

「……………」

　グインは何も答えず、かわりにただ、ユラの腕をしっかりとつかんだ。ユラをなかば引っ張るようにして、グインはあたりのようすを見直すいとまもなく、暗い、さっきとはまったくことなる回廊を歩きはじめた。

それは、さきほどの灰色の、片側に円柱がずっと並んでいる回廊とは驚くほど様子の異なった、だが同じく長い、果てしないほどに思われる回廊であった。そこはかなり薄暗かった――ところどころに、片側にぽつり、ぽつりと小さな壁龕《へきがん》がかなり高いところにあり、そこにおかれている小さなあかりらしいものだけがうっすらとあたりを照らし出している。それが唯一の光源で、さきほどの回廊のように、歩いてゆくさきざきがうっすら明るくなるというようなこともなく、つねに全体が薄暗いままであるように注意して保たれているようであった。

恐しいほどの静寂が回廊全体をおおっていた。この回廊は両側がごくふつうの壁で、そしてその色はさきの回廊よりかなり暗い灰色だった。そして、足もとはすべての音を吸い取るような、柔らかい絨毯のようなものがしきつめられている。天井は高かった。

その回廊を、グインはユラをともなってひたひたと先を急いだ。ユラももう口ひとつきかぬ。ふりかえって見ると、恐ろしいように真剣な顔になっていた。青ざめているのかどうかは、猫の顔ゆえよくわからぬが、その猫の目は大きく見開かれ、瞳孔が小さくなっている。怯えているようにもとれる。両手にしっかりと《聖杯》とさきに呼んだものを抱きしめて、ひたひたとついてくる。小さなユラには、大柄なグインが大股にどんどん歩くのについてくるのは骨だろうが、何も云わず、必死についてくる。

どこまでもこのままこの何もない薄暗い回廊が続いているのか、という気がたちまちしてきた。さきほどの灰色の、円柱のある回廊の記憶がたちまち消え失せ、生まれたときからずっとこの暗い何もない回廊をひたひたと、猫目の緑色の髪の少女をともなって歩いていたのではないか、という錯覚にとらえられてくる。

（剣――剣さえあれば……）

せめて、何か武器になるもの、だけでもよい。

だが、この世界では、もといた世界と同じような文化の程度だとはとうてい思われぬ。だとしたら、グインが手に馴染んだ大剣やそういう野蛮な凶器はまったく、ここでは役に立たぬという可能性もある。おそれていてもしかたなかった。グインはひたひたとひたすら歩んだ。

そのうちに、なんとなく、いうにいわれぬ奇妙な感じがしてきた。どこかから、ごおーん、ごおーん、と、この建物全体が底鳴りしているような、そんな感覚が耳を襲ってきたのだ。ひそかに耳をすましてみても、やはり同じように、ごおーん、ごおーん、という音が、それもうんと底の下のほうから聞こえてくるようだ。ユラに確かめたかったが、もうなんとなく、声をかけることさえはばかられた。この静寂を破ることは禁忌であるような気がしたし、それに、口をひらいているあいだはそのぶきみな音は聞こえていなかったように思う。いったいどのくらい歩いたのであったか、ふいに、ユラが立ち止まった。

目の前に、何の前触れもなく、巨大な扉が出現していた。

「何者か」

いずこからともなく——建物そのものが声を発しているかのようないんいんと響く声がした。その声の調子、その、いずこから聞こえてくるとも知れぬ声の様子に、グインはなんとなく心覚えがあった。それは、あの、ノスフェラスを飛び立った星船のなかで聞いたものとよく似ているように思われた——《システム》の声と。

「ツゥールグスのユラ。暁の女神アウラ・カーにお仕え申し上げる者、本日の当番により、ご聖水を女神のおんもとに持って参ります」

ユラが答えた。ふいに上のほうから、ゆらゆらと何か奇妙な銀色に光る小さな蛇のようなものが降りてきた。ユラは、ためらわずそれに片手をさしのべると、その蛇と手を握りあったのか、それとも蛇に片手のひらをおしつけたのか、と思われるようなしぐさをした。

「ツゥールグスのユラ。登録データと一致した。内殿に入ることを許可する」

無機質な声がいった。そして、目の前に立っていた暗い、半透明の黒いガラスのようにみえる壁がするするとあがっていった。

「いまです」

ユラが低く囁いた。

「いま、中に飛び込むのです、陛下。ここからは、ひとりしか行けません。この聖水をお持ちになり、わたくしのふりをしてまっすぐ聖殿をおめがけ下さい。持てばこの聖水の杯が案内してくれます」

「有難う。ユラ」

「ちょっとでも陛下のお役にたてたのでしたら、ユラは満足でございます。アウラさまの御前に出ればさぞかし恐しいお怒りをかって分解刑に処されましょう。ユラはそれよりはここでおいとまいたします。さ、お入りなさいまし」

「お前は」

「わたくしのことなど、お気になさらず。クローナのはしためです。いくつでも再生可能です」

ふっとむなしい微笑をみせてユラが云った。

「この世界では本当に重大なのは、《特A》以上の貴族がただけでございますから。わたくしたちクローナはそのみなさまのお役にたつためにだけ生まれたもの、ユラは陛下のお役にたって、満足でございます。一生にひとたび、恐しいアウラさまにそむく行為をしたクローナがいたことも、末永く語りぐさになろうと思えば」

ユラが小さな手をあげてまっすぐに、開いたままの壁の内側を指し示した。

「さあ、陛下。お早く」

「わかった。すまぬ。ユラ。心から礼をいうぞ」

「陛下ほどの御身分のかたが、クローナの女小姓などにお礼を申されてはなりませぬ」

ユラは云った。グインはユラから渡された銀の楕円の球のようなものを何気なく受け取った。とたんに、全身に電撃に似た衝撃が走った。

グインは叫び声をあげそうになるのをかみ殺し、ぐいと内殿のうちに踏み込んだ。その刹那だった。

「侵入者発見。侵入者発見。抹殺セヨ」

機械的な声音が叫んだとみたとたんに、その場に立ちつくしたままの猫の少女にむけて、壁の四方八方から、いきなり、突きだしてきた奇妙な、先端に巨大な目のついた銀色の蛇のようなものが、じゅっと緑色の光をあびせかけた。

一瞬、ユラの全身が、緑色の光のなかに浮かび上がった。ユラが恐しい苦悶に身をよじりながら両手をさしあげるのがみえ、そのからだがまざまざと緑の光にすけて体内の骨までがくっきりと浮かび上がり、そしてその頭髪がみごとにさかだつのが見えた。だが、次の瞬間、そのすべてはまぼろしであったかのように、もう、回廊のそちら側には何ひとつなかった。

とたんに、暗灰色の壁が天井からおりてきて、そこをふさいでしまった。もう、きたほうに戻ることはかなわなかったし、ユラもいなかった。ユラ、という少女など、存在したことさえなかったかのように、彼女は消滅してしまったのだ。

(………)

グインは歯を食いしばった。そして、そのまま、銀の楕円の球をかかえ、さらに先へこんどは走りだした。もう、なんとなく、時間がひどく切迫している、という気がしていたのだ。

ひらいた壁の向こうは、これまで歩いてきた回廊とはまったく違っていた。そこは静かな光にあふれていた。ここはどこもかしこも静かだ、とグインは考えた。いったい、この世界には、どのくらいの人間がいるのだろう。グインの知っている《あの世界》では、いたるところにひとのにおいがあり、気配があり、棲家があった。都市があり、集落があり、どこにでも旅人がいた。いないのは辺境や深い森のなか——だが、ここでは、このような大きな建物がありながら、グインの前にあらわれたのはまだユラだけだった。あやしい声がいったんひびいたが、それはおそらくこの建物そのものが発している声だったのだろう。この建物は、基本的に無人であるのかとしか思えないくらい、どこにも誰もいなかった。

(人間の住んでおらぬ世界か……)

グインはもう、足音をたてたり、気配を知られては危険かもしれぬ、という思いも捨て、ひたすら、銀の球をかかえたまま静かな光あふれる回廊を走った。こんどは、グインの靴がカン、カンと足音をたてるたびに、その足に踏まれた床がぼっと発光した。そのうちにグインは、グインが踏むより早く、少しづつ先のほうが発光しているのに気付いた。それはまるで、グインを道案内しているかのようだった。

(持てばこの聖水の杯が案内してくれます)

哀れなユラの言葉をグインは思い浮かべたが、いまは、その床そのものがグインにこちらに来いとうながしているかのようだった。

グインは走り続けた。こんどの道は真っ直ぐではなかった。何回もまがりくねっており、だが、曲がり角を曲がるたびにグインは緊張したが、何回曲がってもそこには誰のすがたもあらわれはしなかった。

(これが夢だとしたら、なんて――なんて孤独な夢なんだろう……)

グインはさらに走った。が、ふいに、はっと足をとめた。

胸にかかえた、銀色の球が、こんどは、激しく発光しはじめていた。

グインははっとなりながら、その球を見つめた。ふいにその球が、それ自体生命あるもののように、グインの手から抜けだして、するりと宙に浮かんだ。あっと手をのばそうとしたとたんに、その球は、するすると空中を飛び始めた。翼が生えて勝手に飛んでゆく銀色の楕円形の生物ででもあるかのようだった。

「待て！」

するどい声をあげて、グインはその球のあとを追いかけていった。再び、追跡がはじまった。廊下を、いかにも勝手知った——というよりも、まるでなにものかに呼ばれているかのように、球はすいすいと飛び、そして、グインを嘲るかのようにグインにはちょっとだけ手の届かない高みを飛んでゆく。いたずらっぽい鳥かなにかのようだった。

グインはそのあとを追い続け、またひとつ角を曲がった。

その、刹那であった。

いきなり世界の様子はまったく変わった。思わず、グインは悲鳴をあげるところであった。

「ア、ア——アウラ——！」

あわてて、声を抑えようとしたが、かすかな声はほとばしった。

そこに、《彼女》がいた。

どう見間違いようもない、それは《暁の女神》アウラ・カーであった。だが、たとえその名から、グインがどのようなものを想像していたとしても、それはまったく、その想像をはるかにこえていただろう。

突然ひらけた、おそろしく天井の高い——あまりに高すぎてどこまであるのか見えないほど高い巨大な室の奥に、信じがたいほど巨大な彫像が立っていた。それは、腰から上だけの女の像のように見えた。

　だが、尋常の大きさではなかった。腰から上だけではあったが、頭のてっぺんまで、おそらく三十タールはあっただろう。室の奥全体を巨大な壁龕のように占領して、《彼女》はそこにそびえ立っていた。銀色の光が七色にちかちかと色合いをひっきりなしにかえながら彼女を包んでいた。長い、白いヴェールがひらひらと顔のまわりに波打ち、それは頭頂部で何かの巨大なピンでとめられ、そして、そのまま腰のほうへとなだれおちて、前でかるくあわさっていた。そのヴェールのあいまから、巨大な顔がのぞいていた。目をとじ、鼻筋の通った、もし大きささえ普通であったら恐しいほどに美しいといってよかったであろう顔。気品にあふれ、怖いほどに厳かで、そして実に堂々たる顔。

　だが、それはとてつもない大きさであった。そして、そのくちびるひとつでさえ、グインをたやすくのみこめそうであった。まぶたはなめらかな山脈のようであり、鼻はそのあいだに屹立する巨大なほっそりとした稜線をもつ山だった。長いまつげが頬に深い影をおとし、あごからのどにかけてのなめらかな線は雪山の崖のようだった。

　銀色の球は先にその巨大な女神像の前に出、出たことを喜ぶかのようにすいすいと、上にむかってのぼってゆくところだった。グインは虚を突かれた思いでただ茫然とその巨大な上半身を見上げていた。その上半身は、何か、目にみえぬ、ガラスか水晶のような薄い板で包まれて守られているのかと思われた。きらきらと光って七色をふりまいているのは、その板のようであった。

背景は黒と灰色の中間くらいの厚手の幕であり、そして永劫の孤独とあやしい瞋恚《しんに》をひそめて、《彼女》はそこに、腰から上をたたずんでいた。

その目が――

いきなり、かッと開いた!

グインは――グインが――こんどこそ本当に悲鳴をあげた。それは、彫像ではなかったのだ。

信じがたい大きさのこの女人は、生きていた。その、見開かれた目が、くわッと光を放ちながら、グインを見下ろした。その巨大な女人から見れば、いかに雄渾な体格を誇るグインといえど、小人の大きさにもならなかった――虫けらよりは大きくとも、ささやかな小動物ほどしかなかったに違いない。腰から上は白い布に包まれていたが、その下で、二本の手は胸をおおうように交叉しており、そしてそのさきの巨大な掌はゆっくりとおのれの両方の肩にあてがわれていた。その下には巨大な小山のようなむきだしの乳房があった。のどもとにきらきらと、とてつもない大きさにふさわしいとてつもない大きさの首飾りがきらめいており、ヴェールの下できちんと結い上げられているらしいその髪の毛から垂れているらしい複雑なかたちの飾りが、ひいでたひたいの中央に垂れていた。その端は額のまんなかに埋め込まれ、そこにはどうみても視力があるとしか思えぬ真紅の宝玉が、かっとこちらを見下ろしていた。

見開かれた双の眸も当然巨大であった。それは、あやしい夜明けの青紫に、ありとあらゆる暁の星星と光と月とをちりばめたようだった——そしてその瞳はこよなく冷たく、無情にみえた。長いまつげがばさばさと文字どおり音をたててまばたいた。彼女は美しく威厳にみちていたが、これほどの巨大さとなれば、もはやそれはひとの子のうつくしさとはまったく別の次元の問題だと云わねばならなかった。

ふいに——このようなさいでありながら、不謹慎にもグインは噴き出したくなった。

（なんてことだ——もしここにマリウスか——イシュトヴァーンでもいようものなら……）

（きっと、かれらはいうだろうな……おい、グイン、あんたの女房は、えらくまたでっかいんだな、となー……）

（そう……アウラ・カー——そうだった。《彼女》は——暁の女神だったのだ。そして俺は……《彼女》がこの星期のあいだに白羽の矢をたてた——《彼女》の《夫》……彼女に男性としての——クローナの胤《たね》を提供する——選ばれた存在……）

「グ——イ——ン——」

その、ほの白い巨大なくちびるが動いた。

「グ――イ――ン――」

だが、忽ちに――そのいんいんとひびく肉声はやみ、かわりに、グインの脳に突き刺さるような心話が降ってきた。

(何故、戻ってきた。グイン――廃帝ランドックのグインよ。何故ランドックに帰還したか？　そのほうは二度と、ランドックに戻ることは許されておらなんだ筈だ)

「委細は知らぬ」

グインはおそれげもなく、巨大な生ける女神像にむかって言い返した。ごおーん、ごおーん、という音はますます強まっているように思われた。

「だが、俺が戻ってきたのではない。そちらのプログラムに手違いが発生したのだ。俺は気付いたら此処にきていた。きたくてきたわけではない」

「お前……は――」

また、驚愕のあまりかもしれぬ。アウラは《口で》いらえようとした。それからもどかしげに心話にかわった。

(お前は……記憶を喪っていたのではないのか？　いつ、記憶を取り戻した？)

「星船に乗り込んだ時、おそらくは」

(星船に――だと？)

「そうだ。貴方が俺の流罪の箱船として、同時にまた、ヴァレイラ＝グヴァンタルーヴァ星域の宇宙戦争に従軍する艦隊の旗艦として発進させたわが船ランドシアvii」

（その――ようなこともあった……）

心話はなおもいんいんとグインの脳にひびいて突き刺さってきた。

（だがはるか昔のことだ。――星雲紀四〇年期以上も前の。お前は、廃帝としてランドックより追放された。お前に関するすべての権利は剝奪され、お前はランドックの住民たることを禁じられている）

「俺が望んで戻ってきたのではない。その証拠に、もしも俺が望んで侵入したのならば、俺はおそらく生きてはいるまい。防衛システムが俺をそうと認めて攻撃を開始し、俺はとくに粉々になっているか、一瞬にして消滅しているだろう」

（解らぬ）

巨大な女神のくちびるがわずかにひらき、吐息に似たものが洩れた。それから、《彼女》は、まるで頭痛でもこらえきれぬ、というように、衣の間からさしのばした巨大な指で、こめかみをそっとおさえた。そのしぐさは奇妙なくらいに人間的に見えた。

（このようなことは、これまでに発生したこともなかった。それゆえ、わらわもこのようなことを予測に入れたことはなかった。――だから、ガンブロゾーのシステムどもも、防衛体制をしくことが出来なかったのに違いない。――どのようにして戻った？　どこから？）

「知らぬ。俺はずっともう、ランドックのことを思い出すこともなく、はるかな原始的な世界のなかで生きていた。そこで友を得、知己を得、我が子と呼んでくれるひとをさえ得た。そこでも俺は王と呼ばれ、おのれの軍隊をもち、権力を得た――そしてその栄誉を与えてくれた国家のために戦っていた。いや、そのためのみならず、中原――といったところで貴方にはわかりはすまいが――全体の平和と繁栄のために。だが、それをおびやかす、宇宙よりの侵略者があらわれた。それはおそらくヴァレイラの星戦にからんでその星域に侵入した者だったと思う。――俺はそれを撃退するために、その地に残されたさいごのカイザー転送機を用いた――そしてまた、グランドマスターを待っていた、俺の星船《ランドシア》との再会をはたした。――そして」

（お前のいうことは、妾にはよく解らぬ。解るつもりも必要もない）

鋭く、アウラの心話がさえぎった。

（お前はすでに廃帝であり、ランドックにおけるすべての権利を剝奪されている。お前がここに存在することは許されておらぬ）

「それしか繰り返せぬ木霊のようだな、アウラ・カー。俺はおのれの意志でここにきたのではないとこれほどことをわけて説明しているだろう」

（それはかかわりのないことだ。お前はここにいてはならぬのだ）

「むろん、出してくれるというのならすぐにでも出てゆくつもりだ」

グインは吐き捨てるように云った。

「いまとなっては、俺はランドックになど何の未練もない。ランドックで果たすべき役割はすでにはたした。いまの俺はむしろ」

(衛士。衛士はおらぬのか)

アウラが、心話を放った。

空中にふわふわと漂っていた、あのユラの捧げていた銀色の球が、その心話に吸い寄せられでもしたかのように、ふらふらと舞い上がり、そしてアウラの巨大な唇のあいだに、まるで小さな銀色のあぶくのしずくでもあるかのようにすいと吸い込まれて、一瞬にして消えた。それを吸い込むと、アウラの瞳の凄惨なまでの青が、少しさらに青みを増したかのように思われた。

「待て、アウラ・カー。話をきけ。俺は、ここから出て二度とここにはまた訪れるつもりはないのだ。だが、そのためにはここから出られなくてはならぬ。俺にはわからぬ、だがこれは、お前の世界の問題ではなさそうだ――むしろ、俺の世界の……」

(お前の世界。お前の世界が、ランドック以外の何処にあるというのだ、廃帝グイン)

「生憎だったな」

グインはむしろ意気軒昂と云った。

「貴方は俺を《この世界》から、すなわちランドックから追放することが最大の俺に対する刑罰であり、それによって俺は最大限の打撃を受けるだろうと想定したのだな。貴方は俺を憎んでいた。だから、あらんかぎり残酷な手段で俺からすべてを剝奪したかったのだ。それもわかっていた。——だが、生憎だったな。俺は、遠流《おんる》の地、お前の思いもおよばぬような未開の、そして文明もこの世界が想像もつかぬほどに未熟な段階にある、星間航行さえも思いも及ばぬ——いや、内燃機関さえもまだ存在しておらぬほどに原始的な世界で、おのれの使命を見つけた。おのれのなすべきことを知り、おのれのいる場所を発見し、そして愛してくれる者達、俺が心から守りたいと思う者達をさえ見つけた。——俺はむしろランドックには二度と戻りたくなどないのだ、アウラ・カー！」

（許さぬ）

女神アウラの目が、紫に、青に、そして赤にくるめいた。それは激しい女神の怒りを示すかのようであった。

（グイン！　ランドックを、わが帝国の名誉をはずかしめることは許さぬ。お前は罪をおかし、その罪のつぐないをするためにこそ流罪に処せられたのだ。お前は、幸せになってはならぬのだ。不幸であることがすなわちお前のつぐないであるのだ。お前は一生涯、孤独でなくてはならぬ。不幸でなくてはならぬ。お前は一生涯、愛し愛されてはならぬ！　それが、女神アウラの愛情を拒んだ愚かな男の受ける、当然の報いだ！）

「愛情を拒んだわけではない、アウラ！」

グインは叫んだ。脳のなかに、割れるようないたみが走り、それと同時にだが、喪われた記憶が圧倒的な質量でもって流れ込んでくる、恐しい感覚に、いまにも失神してしまいそうだった。

「俺はただ、お前の選んだ論理的帰結に賛成できなかっただけだ。確かにあの星域を全滅させたのはこの俺だ。結果的には俺の選択、俺が貴方の怒りをかったことが、トーラン・ツーランの星域全域の崩壊と壊滅を招くことになった。だが、それは俺の罪ではない……」

(黙れ、廃帝グイン！)

アウラ・カー――ランドックの《暁の女神》の目がきらめき、燃え上がった。その巨大な顔が、激しい嗔恚にふるえた。

(衛士、衛士！　なぜこの罪人の侵入を許した。システム、返答せよ！)

「システムは俺が静止させた」

グインは、思いもかけぬことばをおのれが発するのを聞いた。

「すでにシステムは停止している。お前を守っているものはわずかばかりの衛士だけだ。――だが、どれほどの衛士がおしよせてこようが、それが俺にかなうわけがあるかどうか、お前が一番よく知っていよう？　お前が、俺を、宇宙で最強の戦闘能力を保持する超生命体となるよう、プログラミングしたのだ！」

（そうとも、わらわはお前にすべてを賭けた。すべてを注ぎこみ、お前がどのような戦闘においても最高の能力を発揮するよう、必要なすべての知識をシステム本体から読み出し可能なよう、そしてありとあらゆる意味で、一回戦うたびに学習機能によってすべての動作を解析し、スキルアップしてゆくよう、すべての可能性と能力とメモリーとを与えた。お前はまさしくこの全宇宙最強の戦闘用改造生命体となった。だのに、お前はわらわを裏切った！　わらわでない者に心を動かし、ランドックの不利益になるようシステムをあざむいた！　なんという罪だろう。なんという悖徳《はいとく》だろう！）

「俺は確かにアウラを裏切ったかもしれぬ。だが俺はランドックを裏切ってはおらぬ！」

（同じことだ！）

すさまじいようないんいんたる心話が、グインの脳をゆるがした。

（わらわこそがランドックそのものなのだから！　わらわのこのからだはそのままランドックに続き、ランドックのすべてを制御するマザー・ブレインと接続しているのだから！　わらわがランドックであり、ランドックがわらわなのだ！　それを裏切ることは、許さぬ、許さぬ、許さぬ！）

「お前に作り上げられ、俺は最初は、それを素直に信じていた」

グインは叫んだ。ふいに壁がするするとあがり、ばらばらと、銀色に光る銃のようなものを手にした、銀色の、かぶとの真ん中にエルハンの鼻のようなものがぬっと出ているような頭部と、そして大きく張り出した肩、細くしまった腰と長い脚というかっこうの兵士といったらいいのか、生きて動く人形というべきか、そのようなものたちが大勢あらわれた。それは巨大な機械人形のようであった。なかには、足ではなく、足のかわりにその先端に車輪がついているようなものもいた。また、同じような銀色だが、巨大な甲虫のようなかたちをしたずんぐりとしたものもいた。

それらがばらばらとおのれを取り巻くのを、あえてそのまま両手をおろしたまま、グインは見つめていた。何ひとつ武器をもたぬこのいまの身の上で、ランドックの誇る戦闘機械兵に立ち向かうことは不可能であった。

もう、グインには、かれらが構えている光線銃の力もよくよく思い出されていた。不運なユラを一瞬で消滅させてしまったのと同じ力が、すべての生身のものを一瞬に消滅させるだろう。それをふせぐすべはない。だがグインは静かに立っていた。目のかわりに、かれらの頭部のまんなかにはそれぞれに真紅のカメラアイが埋め込まれている。そのひとつ目が、何の表情もなく、じっとグインを四方八方から見つめ、その手にした波動銃はぴたりとグインに向けられている。

「だが、いまは俺にはわかる。お前とても全能ではない。お前のなかには、いまだ、何万年前に喪われたはずの《ひととしての感情》も残っているのだ、アウラ！　それが、時として――何千年に一度、お前の判断を狂わせる。お前は俺に嫉妬したのだ、アウラ！」

（許さぬ！）

アウラの目が真っ赤に燃え上がった。室の温度さえもが、どっと何度もいちどきに上昇したかのようだった。

（許さぬ、許さぬ、許さぬ！　衛士、この者を取り押さえよ！　押さえて、ふたたび、永劫の刑へと送り込むのだ。いや、今度は、もう、はるかなソーラー星系などへ送り込みはせぬ。未来永劫、牢獄惑星ケルロンにあって、この者がおのれの愚かしさの罪を悔悟しつづけるさまをこの目で見届けてやるのだ。殺してはならぬ。取り押さえよ――そして、宇宙法廷へ引っ立てよ！）

シャーッ、というような音が機械兵たちの口からあがった。機械兵たちは、声をあげることもない。リーダーだけが応答する機能をつけられている。

「哀れなのは、お前だ、アウラ・カー！　この惑星は――ランドックは楽園などではない。ここは世にも淋しい荒涼たる孤独の地獄だ。ここにいるのは無数の、必要に応じて生み出されるクローネとクローナ、そして機械兵にファイファ・システムに転移装置、すべて機械だけではないか。お前はその孤独にたえかねて俺を生み出したのではなかったのか?」

(黙れ！　衛士、早く、取り押さえるのだ。早く——)

「お前こそ、永劫の孤独のなかに永久にたたずむ、世にも孤独な虜囚にほかならぬ。——愛も知らず、ひとのこころの不思議も知らず、そして……」

(黙れ！)

アウラの怒りが爆発したように、室内じゅうに、緑いろの稲妻がまたたきはじめた。機械兵たちは、怯えたようにゆらめいた。

その刹那を、グインはとらえた。一瞬にして、飛び上がり、《暁の女神》のヴェールの裾をつかんでかけあがり——巨大なかつての《妻》の頭上に、一気に飛びあがった。

(な——何をする！)

アウラが悲鳴をあげた。

そのときには、グインは、巨大なアウラの首にとりつき、容赦なく髪の毛をロープのようにつかんで、頭の上まで這いのぼっていた。

「撃てるものなら撃ってみるがいい」

グインはあざけった。

「お前たちの《グレイト・マザー》もともに撃つことになるぞ！　しかも《マザー》は当然防衛するだろう。そうなれば、お前たちはみな壊れるしかないのだ。——忘れたのか、アウラ・カー。俺のかつて持っていたすべての権利は剝奪されたが、お前の最終的な障壁を自由に突き抜けることはまだ俺には出来るようだぞ。お前は俺に、おのれの喪ったものをいやが上にも思い知らせようと、俺から何もかもを取り上げるかわりに、俺から記憶だけを取り上げて、そして《廃帝》の身分を残したのだからな」

（無礼な――無礼であろう！　どけ、グイン、許さぬ！　このような、冒は……許さぬ、許さぬ！）

「許されようとは思っておらん」

グインは、うろたえたように波動銃をあげてはまた下ろしている機械兵たちを、アウラの肩ごしに見下ろした。

「俺はただ、帰りたいだけだ。もう、ここには用はない――俺は、俺の心のありどころに戻りたい。俺の心はもう、ランドックの上にも、帝国の上にも――そして、アウラ・カーの上にもない！」

（許さぬ）

ゆるやかに――

まるで巨大な地震のようなすさまじい地鳴りが、あたりの建物をゆるがしはじめていた。

（わあッ！）

機械兵たちのか、それとも祭殿にいるほかのクローナ、クローネたちのそれか、恐怖にみちた心話が、グインの脳裏を打った。

(大変だ！　アウラさまが――アウラさまが、お目覚めになる！)

(アウラさまが立ち上がられる……)

(大変だ。また……また祭殿が壊れる……ランドック市街も水びたしになる……)

(破滅だ。またあの星雲紀五三一年の悪夢が甦るのだ)

(逃げろ――いや、駄目だ、逃げられない……)

(アウラさまが起きあがれば……祭殿が崩れ――マザー・ブレインも……瓦礫の中に……)

(非常事態レベル4発生！　非常事態レベル4発生！)

(ランドック市民ノミナサン、緊急事態ガ発生シマシタ。タダチニ当該星域ヲ離脱シテクダサイ)

どこかで鳴り響いている、激しい緊急サイレンの音。

そのなかで、《アウラ》は、巨大な怒れる魔神そのままに、地下の制御室にずっとつながっているおのれのからだを、そのまま強引に引きずり起こそうとしていた。

「やめろ、アウラ！　お前が覚醒すれば――ランドックが破壊される……」

(お前のせいだ――お前の……これもお前の罪だ、グイン――お前は、永遠に……ランドックに戻ってくるたびに罪をかさね、そして永劫回帰を繰り返すのだ……）

（なぜだ、グイン——なぜ、私を受け入れぬ——なぜ、この永劫回帰を断ち切ろうと望んではくれぬのだ。それほどに……それほどにお前は私を憎んでいるのか。それとも私がお前を憎んでいるのか……お前が戻ってくるたびに、ランドックには——大災厄時代がくりかえされることになる……そしてお前はさらに深い闇のなかに戻ってゆくことに……）

（転移セヨ。転移セヨ。転移セヨ……）

（離脱——！　離脱——！）

ごぉーん、ごぉーん、ごぉーん——

すさまじい轟音はいまや、暁の女神の祭殿全体をゆるがすほどのものにかわっていた。

アウラの結い上げた髪の毛にしっかりととりすがったまま、グインはかすかに見た。

壊れゆく新しい銀色の祭殿——暁の女神アウラ・カーの永遠の墓所。

そして、逃げまどうクローナ、クローネ、そして機械人たちの群れを。機械兵、料理機械、医療器械、複雑怪奇にアウラと接続されているすべてのシステム——ファイファ・システムも。

（グイン——！）

誰かの絶叫がきこえた。

（ああ……）

グインは何がなんだかわからぬ潮流にまきこまれ、ぐるぐるとからだがとけはじめてゆくのを感じていた。

（これは、夢だ……夢だから、怖くはないのだ……）

（これはかつてあった出来事を……俺が……夢にみているだけだ……）

（転移せよ——超長距離転移を……座標は……はるかな星域——ノスフェラスの砂漠へ……）

（転移実行！）

（グイン！　逃がさぬ——決してお前は許さぬ……お前は未来永劫、このアウラに属しているのだ……）

かっと見開いた緑色にもえたつ目。

巨大な女の姿が妄執にもえてのろのろと身を起こそうとする——

その、恐しいばかりのパニックのなかを、グインは、まっさかさまに、暗黒の中へと落ちた。

（ああ……消えてゆく……夢が、消える——）

（聞いたことがある。これは——《ヒプノスの術》だ……夢魔、眠りの神ヒプノスの回廊を使い、俺を……過去のなかに連れてゆき……そこに、夢の回廊のなかに閉じこめようとする……）

（もっとも望むものか、もっともおそれるものの夢のなかに閉じこめられ、被害者は少しづつ狂いながらいくたびもいくたびも、その一番恐しい夢を、一番望んだ夢を繰り返して、しだいに崩壊してゆく……）

（ああ。いったい誰だ――俺をそのように……崩壊させようとたくらんでいるのは……）

「グイン！」

誰かの手が、激しくグインを揺り起こしていた。グインは目をひらき、そして、よく見慣れた顔を見た。

「マリウス！」

「ああ、よかった、気が付いた。すごく、うなされてたよ。まるで――まるで、ヒプノスにでもやられてるみたいだった」

「ここは、何処だ」

いきなり叫び声をあげて、グインは身をおこした。だが、がくりとまたからだを横たえる。あたりは一面深い闇だったが、そのなかには深い木々の匂い、しめった土の匂いが漂っていた。それは、ひとけもない、辺境の、深い森のさなかであった。

「もうじき、森のはずれにさしかかるあたりじゃないかな」

三角帽子にくりくりの巻毛、そして男にしてはびっくりするほど大きな明るいひとみ——吟遊詩人のマリウスの顔がそこにあった。

「どうしたの、グイン、汗びっしょりだ。なにか、思い出したの？」

「いや……」

グインは、マリウスの差し出した手巾で顔の汗を拭い、マリウスの差し出してくれた竹筒から水をひと口飲んでほっと息をついた。

（誰かが、俺にヒプノスの術をかけたか？　いや、待てよ……俺はなぜ、ヒプノスの術などというものを……そうか、またしても、グラチウスのしわざか——？）

遠い夜のなかで、かすかな笑い声が響くような気もする。

「なんだかひどくはっきりとすべてを思い出した気がしていたのだが、目がさめると同時にすべては散りはててしまった」

グインは云った。そして、おのれの腰にさげた剣をぐっとひきよせた。それをつかんでいると、そこから勇気と力がわいてくるかのようだ。

「なんだ。残念だな、ちょっとでも思い出せたかもしれなかったのに……」

「いや、まあ……焦ることもないだろう。だが、ひとつだけ、確かなことを覚えている」

「それは？」

「ああ」

グインは、マリウスにかすかに笑いかけた。

「俺は、いまとなってはもうこの世界に所属しているのだ。そう、誰かに向かって俺は……もっとずっと素晴しい世界だったが、そんなものには用はない、といっていたような気がする。それだけは確かだ。俺は、まんざら、このいまの自分自身が気に入っておらぬわけではないのかもしれないな」

「そりゃ、そうだろう、グイン。なんたって、あなたはケイロニアの豹頭王、世界の英雄なんだから」

マリウスが笑った。

「さあ、また寝よう。まだ朝までには間があるよ。明日にはなんとか峠をこえたいものだね」

「ああ」

グインはまたごろりと革マントに身を包んで横たわった。遠くからまたしても、ものうげな夜鳴き鳥の声がしてくる。夜明けはまだ遠かった。

氷惑星の戦士

氷惑星アスガルンの首都は、氷嵐《ブリザード》におおわれていた。アラスの都は氷の下にある。オーロラがはためいて、その白にとざされたふしぎな星の光景を、七つの色に染めあげては消える。

キッドは誰もあえて外へ出ようとせぬそんな時刻に、アスガルンの氷を踏んで、オーロラに顔を向けていた。ほっそりとして、頼りなげな姿をレム鹿《シカ》の分厚い毛皮が上から下まで包んでいるが、小さなきびしい表情の白い顔は外気にさらされたままで、かれがオーロラを見上げると、その掌で包みこむのにふさわしい端麗な顔は赤、青、黄、紫、あらゆる悪夢のなかの色あいに染まった。

氷嵐《ブリザード》はかれを怯やかさぬようだった。かれの何色なのか知ることのできない眸がまばたいて睫毛につく雪粒を払いのけては、じっと見つめている。その視線のさきはさっきからまったくかわらずにアラスの入口のひとつである、氷でとざされた茶色のドアにむけられている。

氷嵐《ブリザード》がかれらのうしろで舞い、そのありさまは、まるでかれがその中から生まれて来たものであるところの雪と氷がかれを護衛しているかのようだった。

かれは見つめていた。それはアラスの裏の顔と呼ばれる、盛り場に通じるドアである。それを開いて中に入ってゆけばそこは雪と氷の不毛の星ではなく、熱と温気《うんき》とが充満している、植民地特有の喧騒とけばけばしさにみちた汚穢《おわい》の沃土である。

キッドは、しばらく、心を決めかねるように考えていた。が、やがてつよくまばたいて、手をあげると毛皮のフードをふり払った。

あらわれたのは、はっとするほどととのった、アスガルンの少年の顔だった。そしてみごとなプラチナ・ブロンドの長い髪。——その髪が風に吹きまくられてはためくと、かれは伝説の《氷の王子》さながらにオーロラと雪とを従えて立っていた。

双つの目は底知れぬ翳をひそめ、その切れあがった目がどことなくかれに純白の猫の表情を与えている。小さなくちびるをかみしめると、かれはアラスの十番目のドアにむかって足を踏み出した。ブーツの下で万年雪がきしみ、氷の峰《ヴァルハラ》々の上で風が吠えた。

キッドはためらうことなく、誰も出て来ることはないその入口に踏みこんでいった。

1

男たちは御機嫌で賭けていた。

かれらは賭けてさえいれば、何ひとつ気に病むことはないかのようだ。目を血走らせ、髭を伸ばし放題にしながら、かれらは赤と黒を口々にわめき、銀貨の山をやったりとったりする。

常夜《とこよる》のアスガルンだが、このアリオンの界隈に夜が来ることは、決してなかった。合成酒はあとからあとから持ち出され、ここでは灯りが闇を完全に征圧していた。

植民地の盛り場《ダウンタウン》はどこの星でもそっくりだ。それは氷惑星アスガルンであれ、金星の湿原の都市であれまったく本質的にはかわっていない。男たちは賭けをし、酒を飲み、喧嘩をし、女と遊ぶ。女たちはけばけばしい灯りの下で大声をあげて笑ったり、髭だらけの頬で頬ずりされて悲鳴をあげたりする。

アスガルンで流行っているのは赤いカードと黒いカードを交互につかう、チノという博奕の一種だった。男たちは賭けつづけ、そして怒って卓を叩いたり、幸運がいつまでも続くようにとわめきたてたりした。

黒いマントのほっそりした人影が入っていったのは、そうした店のひとつである。厚い毛皮をぬいで、ありふれた黒いフードつきのマントで、その比類のないプラチナ・ブロンドの輝きも、不吉な目の光もおおいかくされているはずだったが、それにもかかわらずその黒い姿は、喧騒の中でひどくひと目に立っていた。

「おい!」

かれがすりぬけようとするたびに、髭づらから、声がかけられた。

「何を捜している? 俺じゃないのか?」

キッドは何も答えず、いっそう深々とフードを傾けて、タバコの煙と盃のふれあう喧騒と、そしてむっとする熱気の中をすりぬけてゆく。だがいくらも人をかきわけてゆかぬうちに、

「おい——どこから来たんだ。ヴァルハラか?」

からかい半分の声がかけられ、太い指がのびてくるのだった。

肌をあらわにしてメタル・ファイバーのドレスをはりつけただけの女たちは、さすような目でその不吉な姿を見た。そして腕を自分の腰にまいている髭づらの男たちの目から、そのひと目で美しいとわかる姿を隠そうとするかのように、大きな胸をおしつけた。

だが、それでも、

「おい、何を捜している。俺じゃないのか？」

盃を叩いてのぞきこもうとする男たちがあとからあとから声をかけるのだった。

キッドはしかし相手にせずに、酒場をとおりぬけ、ドアをぬけて奥の賭博のテーブルまで来た。そこではよそよりも高額で、よそよりも荒っぽい賭けが行なわれているようだった。

勝負が荒れていることはすぐわかった。なぜならひとりの男の前にだけ、うずたかい銀貨の山が積み上げられ、そして他の男たちの口からはひっきりなしに、勝運にのってしまった悪魔への口汚い呪詛がほとばしっていたからだ。見守っている連中は固唾をのんで、賭けの成りゆきを恐れているようだった。

キッドはマントの内側に手をつっこみ、それがぬきだされたとき、マントと共布でつくった黒の手袋でつつんだすんなりとした手が、ひとかさねの銀貨を握っていた。

「賭けるつもりかい。お止しよ」

見ていた酒場女が叫んだ。

「あいつはノーマンの野郎だ。テルゴスの悪霊とかわりないよ」

「賭けるのはお止しよ」

酔っ払いと、酒場女たちが叫んだ。

キッドはかまいもせずにその手をさしのべ、ひとかさねの銀貨を賭台においた。

まえにふた財産ではきかぬような銀貨をつみあげている男が顔をあげ、黒と赤のカードを叩くのをやめて、かれを見つめた。微かに黄色っぽい物騒な光を湛えている目が、黒いほっそりした姿を認めた。

「賭けるのは男のやることだよ」

誰かが云って、かれをひきとめようと手をかけた。キッドはその手を払いのけもせず、ばかにしたように、若々しい少年の声を張り上げて叫んだ。

「赤の三に五十」

「黒の三に五十」

直ちに、勝っている男が応じた。彼は肩幅の広い、姿のいい男で、座っている限りではそう大柄というほどでもなかったが、しかし革の服に革の帯と手袋という、あたりまえの植民者の服装《なり》をしているのに、どことなく異質な、あえて云うならば非人間的とさえ見えるようなものを漂わせていた。

「赤方はないか。赤方はないか」

札撒きが声をかけた。室内はしんとした。

札撒きが長いヘラで、ゆっくりと、キッドと男のカードをすくった。

「赤の三」

札撒きが単調な声で告げた。肩幅の広い男は顔の筋ひとつ動かさないで敗け分を押しやった。古いなめし革のようなかおのなかで、目は二筋のかわいた傷口のように細かった。キッドを見すえて彼は云った。

「黒の五に百」

札撒きがキッドを見た。少年はゆっくりと手をあげて銀貨をかきあつめ、それをしまいこむと身をひるがえして賭博室を出ていった。

ほう、という低い嘆息が、見ていた男や女たちの口から洩れた。男はゆっくりと肩を上下させ、黒い髭をなでた。

「黒方はないか。黒方はないか」

単調な札撒きの声が煙の中でつづいた。


その男が出て来たのはそれからそれほど長いことたってはおらぬうちだった。彼は表に出ると、空になったポケットをちょっと叩いて見、そしてごくわずかに苦笑めいたものを、髭の下のくちびるに漂わせた。

だが、それほど気に病むようでもなく、皮の、裏に毛皮のついた丈夫な外套を肩にひっかけ、いつものことだと云いたげに歩き出した。

盛り場の灯りの下で見ると彼は賭博場の中よりもいっそうどこかが違っていた。べつだん、ここでは何星人も珍しくない。ヒューマノイドのほうがむしろ少ないくらいだ。

それなのに、彼の歩いてゆくようすには、何かしら決定的に違うもの——他所者《ストレンジャー》の目に見えぬ刻印めいたものがはっきりと感じられたのだ。

彼は見かけよりも背が高かった。おそらく、見かけよりもほっそりとしているようだ。肩幅は広いが腰はあざやかに細くひきしまっていて、黒い髪と黒い髭とがその容姿にくっきりとしたアクセントをつけていた。彼の歩き方はひどくなめらかで美しく、ほとんど動いてさえいないように見えたが、それはあまりになめらかなのでかえってうろんな猛獣めいた感じをさえ与えた。彼はたぶん、黒い髪をしているから太陽系第三惑星の住人であるとも、黄色っぽく光る目をしているから砂惑星《サンディッド》の人間であるとも、その筋肉の発達の具合いからいって戦士隊員《ケントリオン》上がりであるとも自称できただろうが、しかし彼のそのなめらかすぎるほどの身ごなしと、目の中の凶悪な深淵だけは、どこのどんなヒューマノイドの種族も持っているはずのないものだった。

彼はとび出してきてひきとめようとする酒場女や、千鳥足で歩いてくる酔いどれを無表情にかわしながら、だんだん店の少なくなる北のほうへ道をとっていたが、ふいに足をとめた。店と店のあいだの暗がりにとけこむように立っている黒いマントの人影と、その上で闇につつまれて、あざやかに白くうかび上がっている小さな顔を、彼の細めた目がとらえたのだ。

「何を捜している。俺じゃないのか」

――だが、彼は、そう云う前に、ごくわずかにためらった。ためらいは彼に似つかわしくなかった。虎にそれが似つかわしくないように。――結局、彼は自らのためらい、それ自体に反発するように口をひらいた。それは、すべての植民地ごろ、戦士、うろつきまわる「雇われ屋」どもの共通の挨拶といってもよかった。

「お前は、何を捜しているんだ。俺か」

「ええ」

キッドは答えた。

「雇いたいのか。それとも、殺すのか」

「あなたを殺すには、眠っているところを屈強な男三人が必要でしょう」

「雇うのか？」

意外そうにノーマンは云い、それからうろんそうに相手をもっとよく見きわめようと首をかしげた。

「出て来い」

彼は云った。

「アラスに着いてから、賭けつづけていたが、そのあいだに酒場女が植民地《コロニー》の噂をいくつかきかせてくれた。アラスにはこのごろ怪しい事件が続発している、いくつもの殺人がおこり、皆不安がっているといったぞ」

「それは私のせいではありませんよ」

「そんなことは云ってない。顔を見せられないのか、若いの《キッド》」

「いいえ」

少年はゆっくりと暗がりから出た。それへ目をむけている酒場女ひとりいなかった。

「俺はノーマンだ。知ってるのか」

「ええ」

キッドはうなずき、男に近づいて早口に云った。

「私の姉が殺され、死体が破壊された。この意味が分かりますか？」

「わかる」

ノーマンは云った。

「すると、お前は、アスガルンのロヨルドか？」

「そうです」

「俺は何をするんだ？」

「仇を」

「誰を狩る？」

「アラスのものだということだけです」

ノーマンはこんどは答えなかった。目を細めて考えに沈んだ。

「ロヨルドの力で望める限り」

「報酬は？」

「捜し出して、殺すのか」

「生きてでも、死体でも、どちらででも、私たちのところへ」

「馬鹿なことをしでかしたものだな」

ノーマンは考えていたが、やがて小さくうなづいた。

「よかろう。お前は俺に悪運を持ってきたからな。お前が赤の三に賭けて銀貨を取ってからというもの、たてつづけに赤の目が出たもので俺はさいごの一クレジットまでなくしちまった。お前の悪運を払わんことには危なくて宇宙船《ふね》に乗れない」

「すぐに幸運《グッド・ラック》は返しますよ」

キッドは忍び笑いして云った。ノーマンはうろんそうにかれを見つめた。かれはノーマンの肩ほどしかなく、そして黒いマントの中で、白い顔は、これほどの完璧な顔立ちをどんな彫刻でもかつて刻み得たことはないくらいだった。

「お前にそっくりな奴を一度見たことがある」

ノーマンは呟いた。黄色っぽく光る、虎のような眼が、油断のならぬ笑いをひそめていた。

「そいつは宇宙船《ふね》を遭難させるサイレンだったぞ」

キッドは黙ってただ肩をすくめてみせた。ノーマンは手をのばし、やにわに黒いフードを払いのけてその顔をすっかり灯の下にあらわさせ、そして低く驚嘆の声をあげた。

「なんていう髪だ。ヴァルハラの霜みたいじゃないか」

キッドは黙って、フードを深くかぶりなおした。ノーマンはかすかに笑って云った。

「彼女は美しかったのか？」

「私の双生児の姉だった」

「では、それを殺して復活できぬようにした人間は、生命を消すのと、美術品を破壊するのと、ふたつの罪を一度に犯したというわけだ」

「……」

「では行こう。たとえお前がアルデバランのなめくじだったところで、今夜の食事と毛皮を提供してくれるなら、アラスじゅうでも狩りたててやるさ」

大きな後ろ姿と、小さな後ろ姿は肩を並べた。彼らはゆっくりと、貸部屋の並んでいる暗い通りのほうへ、角を曲がっていった。

2

「姉は、アラスの長官のところにゆくことが決まっていたんです」

貸部屋は寒かった。アラスをおおっているドームは、その上につもりつもっている氷と雪とからは辛うじてこの植民地の都市を守っていたけれども、むろんあたたかな陽光のかわりをするわけではないのだ。

人工太陽をそなえつけて、ぬくぬくと薄着で暮しているのは、高級住宅エリアの人びとだけだった。安い貸部屋にはろくろく暖房装置もついておらず、戦士はありたけの毛皮を身のまわりにあつめてうずくまっていた。

ロヨルド、つまりアスガルンの氷人族であるキッドの方は少しも室の凍てつく寒気を苦にせずに、黒いマントひとつを敷いて、膝を立ててロヨルドふうに座って話していた。

「アラスの長官？」

「行政長官のオルド・ヴェントナー。彼が姉を望んだ」

「行くことになっていたのか」

「彼はロヨルドには悪い長官ではありませんからね。それを快く思っていない、植民地人の純血主義者たちはもちろんいます」

「ヴェントナーはまだ若かったな」

「……………」

キッドは肩をすくめた。ノーマンは、その問いがロヨルドにはほとんど意味をなさぬものであったことに気づいた。ロヨルドは祖先と共に暮している種族だ。かれらには時間の観念がほとんどない。

「若い理想主義者の長官が、惑星人の娘を妻にしようとした。そこで伝統主義者の植民地人が娘を殺した、ということか」

「とも見える」

「というと？」

「ロヨルドの中にも、植民地を滅ぼし、星を自分の手にとりもどそうという一派がいます」

「ロヨルドは仲間を殺すのか」

「まずそういうことはしません。だから、アラスの者だといったのです。しかしアラスの者と手を組むことならできるでしょう。フロラはおびき出されて殺されたのです」

「……………」

「殺されて破壊された」

　ノーマンは黙っていた。キッドは翳った目をむけて云いついだ。

「彼女は先祖と共にある権利をさえ奪われたのですよ」

　アスガルンのロヨルドの生命は氷雪の中にある。そこでは、生が生でないように、死もまた死ではない。氷人族はその最初の父祖と、いまだに共に暮しているのだ。

「その前後の事情を話せ」

　ノーマンは黒いびんをとりだした。ぴたりと手にはりついた皮手袋の指で、たくみにその蓋をはねのけて、咽喉の中に火を送りこむその酒を啜ってから云う。

「フロラはアラスへ来て長官のペントハウスに泊まりこんでいた」

　キッドは完璧なその顔を翳らせながら話し出した。かれの声はやわらかく、新雪が風にくずれるように心に忍びこんだ。

「もちろん、私たちの谷からひとり離れてゆくのを彼女は厭がりました。アラスは私たちには悪徳のソドムです。それは私たちの肌には地獄のように熱すぎます。しかしそれを除いては、フロラは幸福だった。私とフロラは双生児でしたから、私のもとにフロラの幸福な波動は届いた。私たちはフロラを人身御供にしはしなかった。フロラとヴェントナーは愛しあっていた。

　それなのに誰かがヴェントナーを彼の毛皮のあいだから、急用だと偽って呼び出した。

ヴェントナーが出掛けていって、いくらもたたぬうちに、フロラは長官が植民地拡張のための地下基地で、雪崩にあった、と知らされた。フロラの驚愕の波動が届いて、私たちもそれを知った。フロラはすぐにマントをはおってとびだしていった。そして迎えの車にのり、少しして下ろされ、——そしてフロラの心は暗黒になった。ノルンの闇に彼女は還ってしまった」

「場所は?」

「私たちは透視者ではありませんよ」

キッドの声は微かな嘲りを含んでいた。

「私たちはあなたがたのように孤独ではないだけで——ひとつの目や心をわけあっているわけではないのです」

「それは承知だ」

ノーマンは考えこんだ。黄色の目が厄介事の予感に暗くなった。

「彼女が見つかった場所はどこだときいているんだ」

「アラスの第三地下基地の近く」

「どのように?」

「彼女はすっかり破壊されていた。超高熱ビームをあびせられ、すっかり炭化していたのです。これと同じ髪も、顔も、からだも、ぜんぶ」

キッドは輝かしい霜の色の髪をすくいあげた。冷やかな、しかし深刻な怒りと苦痛が、その白い顔をこわばらせた。

「ヴェントナーはにせの呼び出しをくったことを知って帰ってきた。彼女はいなかった。彼女はやがて守衛に発見された——ええと、あなたがたが『次の朝』といっているような時間のあとに」

「夜どおし、彼女は放置されたわけだ」

「そうです。地下基地には巨大な発電装置が何基もあり、そのまわりだけは氷雪もとけている。彼女はそんな姿のまま、雪と氷に埋めてもらうことさえできずに、あらわれた土の上によこたわっていたのです」

「長官は？」

「彼は犯人を探し出すと誓いました。だがそれはロヨルドとはかかわりのないことです。フロラはロヨルドだ。ロヨルドにはロヨルドの正義がある」

「そうだ、よく市《シティ》の奴らはそれに気づきはしないがな。お前たちは手を下した人間とそれをさせた人間に、同じ分量の正義を返さなくては安らがないのだ」

「よく知っていますね。ロヨルドのことを」

キッドは云い、咽喉の奥で笑った。

「いずれにせよお前たちの正義はこのアラスでは貫けない。なぜ、俺に目をつけたんだ？　俺と同じ風来坊の植民地ごろはアリオン通りには何万となくいるだろうに」

「それは――」

キッドの銀色の目が、男の、黄色い、虎の凶暴さと怒りをはらんだ目とぶつかりあった。

「あなたが人間でない男《ノー・マン》だからですよ」

やがて、キッドは咽喉声で呟いた。満足したスノー・キャットか、氷河ヒョウのように、彼は楽しげにすら見えた。ノーマンは眉をしかめ、合成酒をぜんぶ咽喉に注ぎこんだ。

「まあ、よかろう」

彼はふーと息をついて云った。

「お前はさっき俺がロヨルドをよく知っていると云ったが、あれは嘘だ。俺はアスガルンの謎、ロヨルド族について殆ど何も知らないぞ。――お前たちには時間の観念もないし、生死の別さえもさだかではない、ときいたことがある。悠久の氷河の中で何千年も生きている種族だそうだな。ということは、お前だって実は何千歳の狡智をもっているのかもしれない。

――くそ！」

ノーマンは膝を腹立たしげに叩いた。

「何てことだ。時間の観念のない種族から、どうやって必要なことをききだしたりできるんだ？　彼女が出掛けてから、どのぐらいたって車からおろされたのかさえ、わからんのじゃないか」

「お望みなら、それだけの長さを再現してみましょうか」

考え深げにキッドが云った。

「植民者《コロニスト》たちは私たちに時計をくれましたからね。はかってみることはできます」

「いや――」

ノーマンは顎をかいた。

「必要ないだろう。それよりも俺は少し眠らなければならん。すべてはそのあとのことだ。――これを持っていて、針がここまできたら起こしてくれ」

ノーマンは旧式の時計を手わたすと、身のまわりにいっそう毛皮をかきよせた。彼はアラスに着いてから丸三日間、賭けつづけていたのだ。奥深い疲れと流しこみつづけた合成酒とが寒気に打ち勝って、彼はすぐに虎の目をとじて眠りこんでしまった。だが、眠りにおちる瞬間に、彼は笑ってつけ加えるのを忘れなかった。

「こういう諺を知ってるぞ。『アスガルンの眠りは地球《テラ》の死』というのだ。――俺が無事にそいつから醒められるよう祈ってくれ」

キッドは笑いもしなかった。その銀色にも、スミレ色にも見える目は、えたいの知れぬ光をこめてきらめいた。かれはうずくまると、じっと待った。ロヨルドの氷人族には、眠りも必要ないのだった。

3

暗闇の中から、何かが警告のパルスを送りつづけていた。

それは、ひそかな心臓の鼓動のように、彼の潜在意識に呼びかけ、目をさますようにとささやきかけた。それはこれまでの長い、困難にみちた遍歴の中で、たとえばアステロイド・ベルトで、たとえば暗黒星ノームの地底で、つねに彼をひとり生き残らせてくれたところの道連れだった。

だが――

何かがおかしい、とそれは訴えていた。とぎすまされ、戦士の暮しの中で、鍛えぬかれてきた感覚は、どのような深い眠りの中にあっても、一瞬にして危険の予知にめざめることができるのだ。

だが、いま――

彼は目を開いた。暗い天井と、スミレ色の闇とが上にのしかかっていた。

チクチクとうなじを刺す危険な感じは、いまや耐えがたいまでにたかまって、彼の逞しい全身を熱い湯に浸したように刺激していた。彼は反射的に、それの台尻に手をおいて眠っていたはずのレーザー・ビームをまさぐろうとし、そして異変の本体を知った。

からだが動かないのだ。

最初に咽喉に浮かんできたのは捕われた虎の咆哮だった。それと宇宙船《ふね》を乗りまわし、あちこちのコロニーでおこぼれ仕事にありつこうという植民地ごろの生活で覚えた、ありたけの卑猥な呪詛。

だがノーマンはそれを口にのぼせるのはよして、じっと自らの状態を探査してみた。目は見える。口もきけるようだ。耳も、寒さを感じているのだから感覚も、すべてが異常はない。

ただ、四肢の運動能力が完全に封じられている。そしてテルゴスの悪霊といわれるノーマンの感覚を出しぬいてこのようなざまにおとし入れることのできるものは、はっきりしていた。こっそりと、部屋のどこかのすきまから、無味無臭の麻痺ガスが流しこまれたのだ。

氷人族の少年はどうなったろう、とノーマンは何とかして、となりを見ようとした。だが、そのときに、黒い厚地のマントで身をつつんだ、一見して植民地の連中とわかる男たちが、彼を見下ろした。

「早く、運び出すんだ」

手短かな命令に、かれらは無言で従った。ノーマンの頭にすっぽりとマントがかぶせられ、視野をふさいだ。

瞬間、ノーマンは、その屈辱に反抗して、痺れたからだのありたけの力を絞り出そうかと息をつめた。彼の逞しい全身の力をもってすれば、麻痺ガスでやられながらでも、ひよわな植民地人《コロニスト》のひとりふたりはたやすく片づけることができるはずだ。

だが瞬間的に考えて彼はそれをやめにした。

「さあ、早くしないか——ヴェントナーには時間がないんだ」

さきに指図した同じ声が、咽喉声でそういうのを耳に入れたからである。

「この野郎途方もなく重いんで……」

弱々しい声が云った。ノーマンは腹の中でせせら笑い、そしてすべての力を集めるかわりにゆるめて、いざというときにそなえることにした。

「生身の人間でこうまで重いなんて、どこの星の野郎なんだ」

「いいからさっさと運ぶんだ」

なおも苦心したすえに、ようやく、彼のからだは何本もの手にもちあげられ、室から運び出された。おもてに大型の車が待っていた。ノーマンはとじた瞼のあいだから、その車のドアについた記章をすばやく目にとめた。——銀色の恒星と白い星星。惑星警察のマークである。白い星アスガルンに漂う腐敗のほのかな匂いを、ノーマンは嗅いだ。

誰にも見とがめられるおそれもなく、警察車は、拉致した宇宙ごろをのせて、常夜の市街をすべるように走っていった。

「そこにおろせ」

さっきの声の主が命令した。ふいに、あたりは、寒気に馴れきったからだが戸惑うばかりの温気と、そして明るさとに包まれはじめていた。

ノーマンは、目を開かないで、どさりと投げ出された毛皮の上で、様子を探ってみていた。それが、植民地のエリートたちの住む、高級住宅エリアであることだけはたしかだった——その快いあたたかさからも、そのとじたまぶたを通してくる明るさからも。

「閣下」

「よし、もう帰ってよいと云ってくれ」

耳ざわりな甲高い声がにわかに割り込んできた。横柄な、それでいて妙に癇走った不安げな声。

「おい、起きないか」

拉致のリーダーをつとめた、鋭い声が云った。

「ガスのききめなど、そろそろお前には、消えてしまっているはずだぞ」

では敵は、彼が何者であるかも、どのような能力を持っているかも、すでに知っているわけだ。ノーマンは目をひらき、おもむろに起き上って、虎の黄色い目で面白そうに周囲を見まわした。

白一色、氷河ヒョウの途方もなく高価な毛皮で床から寝椅子からしきつめて、天井にはあかあかと人工太陽が輝いている、典型的な高官の私室のまんなかで、黒いフードつきマントをうしろにはねのけた背の高い男が、ノーマンに鋭い青い目をむけていた。

「やはり、気がついていたな、無頼漢め」

笑いを含んだ声で彼は云った。

ノーマンはその男をにらみつけた。彼はほとんどノーマンと同じくらい上背があり、横もそれに近いといえるくらいだったが、もちろん、それほどのウェートがあるわけではなかった。

しなやかで若々しい身ごなしだったが、実際には若くはなかった。顔はハンサムで、氷河のように冷やかな青い目と、金色の髪をもった酷薄な大天使のように見えた。

「わたしはヴェントナーだ」

寝椅子のほうから例のキイキイ声が、苛立ったように叫んだ。ノーマンはそちらに目をくれて、そしてふふんと腹の中で笑った。

毛皮にくるまり、丸い目でこちらを見ているその男は、何か奇妙にいびつな感じを与えた。玉虫色に輝く、最新流行の服をつけているのだが、不安にかられているような鉢のひらいた頭と丸い茶色の目は、その男にどうやら陰険な愛玩犬のおもむきを与えていた。細っこい手足と、丸々とした胴体が、いかがわしい対照をなして、その男の弱々しげな不安定さをいっそうつよめていた。

「わたしはヴェントナー、アラスのヴェントナー家のヴェントナーだ」

再び、彼は、やっきになって繰り返し、それからそのことばがあいてに与えた感動を見ようと寝椅子から身をのりだした。

「だが、あんたはオルド・ヴェントナー長官ではないようだな」

ノーマンは無表情に指摘した。この無為徒食の代表然とした醜い小男と、ロヨルドのフロラの物語とが、どう考えても結びつくわけはなかった。

小男はとびあがり、怒りにのどをつまらせた。

「アラスのヴェントナー長官の弟で、カール・ヴェントナー閣下だ」

青い目の男が説明した。

「おれはシグルド・ラルセン、アラス警備隊の隊長だよ」

青い目に、ちらりと、ユーモアに似た光がみえた——といっても、それは氷河のユーモア、これから人の咽喉に牙をたてようとする氷河ヒョウの親しみ、とでもいうべきものだったが。

「俺と一緒に氷人族の少年がいたろう」

ノーマンはきいてみた。警備隊の隊長はいやな顔をした。

「厭らしいロヨルドだろう。お前は知らんらしいから教えてやるが、ここ数ヶ月のあいだに、アラスでは十人近いごろつきが死体で見つかってるのだ」

ノーマンは黙っていた。シグルドは続けた。

「みな、おんぼろの宇宙船《ふね》でふらふらやってきて、賭けをしたり、飲んだくれていたやつらだ。どうせ、雇うの、どうの、という話にのせられて連れ出されたのだろう。奴らはアラスの七つのドアの外、永遠の氷雪のなかで、ひからびた死体になって発見された。見つかっただけで九人だ。雪と氷の下にはまだ何人もが埋もれているのかもしれない。われわれは、お節介にもお前を十人目の運命から救ってやったわけかもしれんのだ。感謝するんだな」

ノーマンは無表情に、ちょっと目を光らせただけで立っていた。しかし頭の中では、素早い勢いで考えをまとめようとしていた。では、この無礼な拉致は、はじめに彼が考えていたのとは、およそ違う性質のものであったのかもしれない。彼は、もちろん、それがロヨルドの少年からきかされた、美しいフロラの殺害とヴェントナー長官をめぐるおもわくとに、何かのかかわりのあるものだと考えたのだった。おそらくここで、フロラを殺し、ロヨルド族と植民地人たちとの仲をさこうと望んでいる、真犯人と出会うものだとばかり思っていたのだ。

ノーマンは何も云わずに、次のシグルド・ラルセンのことばを待った。

「何もそれがあの厭らしい氷人族のしわざだと、すべて決めてかかっているわけではないが——しかしとにかく、奴らは人間ではないわけだからな。おや、これは失礼」

また、例の氷河のユーモアが、もっと明らかにひらめいた。

「あんたは《ノー・マン》、人間でない男、なんだったな」

ノーマンは返事をする手間を省いた。

「いつまで、つまらぬことをうだうだ、云っているのだ」

カール・ヴェントナーが細い手をふりまわし、苛立って叫んだ。

「時間がないのだぞ」

「これは失礼を」

アラスの警備隊長はわざとらしいうやうやしさで云い、ひきしりぞいて壁際に立った。

「本当にこいつは腕が立つのだな」

長官の弟は犬のような目をまばたいて、ノーマンのからだつきをよく眺めながら云った。その疑問はふしぎではなかった。いかにも物騒な、隙のない猛獣の印象を持ってこそいたけれども、彼のからだはひきしまって、不必要にごつく見せてはいなかった。彼のなめらかな動きと、ほっそりした腰を見ていて、実際の彼の途方もない非人間的な体《ウエ》重《ート》をあてることは、どんな手練れの、サーカスの体重あて芸人にも不可能だったろう。

「その点については、どうかお任せ願いたいものです」

シグルドが保証した。カール・ヴェントナーは、しばらくためらっていたが、やにわに顔を真赤にして叫ぶように云った。

「兄を殺せ。アラスの行政長官の、オルド・ヴェントナーを殺してくれ」

ノーマンは黙って見ていた。彼はそれを口に出したことで、すべての意志力を使い果たしでもしてしまったように、毛皮にのめりこみ、ぜいぜいと喘いで、ボタンをおすと床からせり上がってきた嗜好飲料をせかせかと咽喉へ流しこんだ。その犬を思わせる目の、白目の部分が、あざやかな真黄色になっているのをみれば、彼がきわめて重症の麻薬中毒——たぶん全星系にわたってはびこっているプロトニール中毒におちいっていることは一目で知れた。

「報酬は望みのままだ。次代のアラス長官がいうのだから、間違いはない」

ヴェントナーがかさねて云った。

「その上に宇宙船《ふね》で好きな星へ行けるパスも渡してやろう。そのかわり二度とこのアスガルンへは立ち入らんという約束つきでだ。急いでいるのだ、こちらは」

「えらく急な話だと思うだろうが、あと五日で、アラスでは植民地《コロニー》の各代表を集めての中央行政会議が開催される。その席でオルド・ヴェントナー長官はコロニストと惑星人に関するある重大な提案をし、それは過半数で採択される筈なのだ」

「俺は、暗殺者か」

ノーマンは考え、肩をすくめて云った。

「悪いが他の奴を捜してくれ。俺はいま、別の仕事をやっているところだ」

「報酬は倍出す。いや、四倍出すぞ」

ヴェントナーがすかさず云った。

「こういう《傭われ屋》には、それなりの原則があるのですよ、閣下」

苦笑して警備隊長が云った。

「そやつがプロとして有能であればあるほど、かさねて仕事をひきうけたり、前のものをすませずに次のを手をつけたりしては、信用をなくすことになりますからな。――しかし、そちらが済むまで待っているわけにはいかんし、それにまずいことに、他の奴を捜すわけにもいかんのだ、今度ばかりは」

あとはノーマンに向き直って云った。

「閣下のおっしゃるとおり報酬はお前がこれまで夢にでも見たことがないほどにしてやる。一回だけ原則をまげて、いまの仕事をあとにのばしてもらうわけにはいかんのかね。むろん、こちらの仕事の手筈いっさいはこちらでととのえるが」

「そうはいかん」

ノーマンはあっさり云った。

「アラスの長官が暗殺されたとあっては、コロニーじゅうが大変なさわぎになるだろう。俺はすぐ逃げ出さなくてはならぬことになる」

「警備隊はそんなにやっきに犯人を狩りたてはせんよ」

青い目にまた楽しげなきらめきをみせて、警備隊長は云った。

「だが失敗してその場でとりおさえられるかもしれない。そうすれば、先の仕事をやることは、俺には永久にできなくなる」

「そうなればもう《傭われ屋》ノーマンの信用をおとすことだって、心配しなくてよいことになるじゃないか？」

おかしそうにシグルド・ラルセンは云った。

「ひどいことを云う奴だ」

ノーマンは唸ったが、しかしこの長身の警備隊長に、微かな親しみめいたものを感じはじめていた。

「その仕事はお前でなくてもできるんじゃないのか？」

シグルドはかまをかけた。ノーマンはやり返した。

「どうしてこの仕事は俺でなければいかんのだ？」

「お前を捜していたからだよ」

シグルドは云い、ふいに頬をひきしめた。

それは、おだやかにまどろんでいた獣が、ふいに獲物の匂いをかぎつけて激しく身構えたような変貌ぶりだった。シグルドの青い目は鋼鉄のいろになり、恐しく冷酷な厳しいものがその頬をひきしめた。

「こうやっているあいだも惜しいのだ。長官は、すでにアラスに来ている他のコロニーの代表たちに会って説得をつづけている」

シグルドは云った。

「わかるか」

魔法のように、シグルドの手の中に、このアラスでいちばん愛用されている効率のいい武器——超高熱ビームがあらわれ、それはぴたりとノーマンの頭にむけられていた。

シグルドは一瞬もノーマンの動きから目をはなそうとしなかった。

ノーマンは腰の武器を探ろうとしなかった。どうせ、さっきそれはとりあげられていたのだ。虎の目が、おさえた憤怒に黄色く燃えあがって、青い非情な目を見すえた。

「力づくでひきうけさせられるなど、最もお前の原則にはあわないことだ。それも承知さ」

シグルドは云った。

「閣下、あとは私が何とかいたしましょう。このさきは、閣下がいらしても、何の助けにもなりませんから——こっちに来い、いいから来るんだ、人間でない男」

ずけずけと云って、ビームをおどすように動かしてみせる。ノーマンは肩をすくめると、シグルドのうながすままに歩き出した。壁の一部に偽装されていたドアが音もなく開くと、暗い廊下が地下へむかっておりている。人工太陽の輝くその室のドアが背後でしまると、俄かに痛切な冷気と闇がかれらを打った。

「——この寒気、そして闇と雪灯り、なのだ」

シグルドがうしろから、少し距離を保ち、ビームをかまえたまま歩きながら、ふいに云った。

「おれはコロニストだ。アスガルンで生まれ、育った。この寒さ、きびしい氷雪、永遠の黄昏、それが好きなのだ、おれは」

「人は好き好きだからな」

ノーマンはいい加減に返事をした。シグルドは怒った声で、

「オルド・ヴェントナーの理想などおれは真平だ。奴は気狂いだ。奴はアスガルンそのものの大改造を決議させようというのだ。コロニーにとじこもっているのが我々の間違いだ、アスガルンそのものを我々の真の故郷にしようという——そのために奴が何を云い出したかわからんだろう。あの厭らしいロヨルドとの積極的な混血による体質改革、氷雪のコントロールによる環境改革、というのだぞ！」

「誰かが新しいことを云い出さねばならんのだろうさ」

ノーマンは云った。

「それでフロラを殺したのか？」

「何を？」

びっくりしたようにシグルドが問い返した。まるで、本当に知らぬ、思いもかけぬことを云われておどろいたようにそれはひびいた。

若い理想主義者の長官が自ら実践しようとして得たロヨルドの花嫁と、その悲惨な死について、もう少し云ってみようかとノーマンは考えたが、そうするひまもなく、かれらは暗くて寒い通路を下りきり、かれらの前でドアがあいて、かざりけのない地下らしい部屋がかれらの前にあった。

「入れ」

ビームの先でシグルドが背中を押した。中に入り、寝椅子に腰をおろしたノーマンに、鋭い目を向けて、

「いまとりかかってしまった仕事、というのは、何だ」

シグルドは云った。ビームは、あいての頭を狙ったままだ。ノーマンは答えなかった。

「医者と同じで、依頼主の洩らせぬ仁義もわかっているさ。だが、これはアラスの警備隊長としてきくのだが、まさか例のロヨルド族の少年か、あれが依頼主、などということはないのだろうな。――さっきお前にきかせた話、お前と同じような《傭われ屋》が、

九人も雪の中でひからびて見つかった、という話、あれは嘘ではないんだ」

「……」

「お前をこのまま放してやり、お前が死体になるかどうか見ておれば、その事件の犯人がわかるわけだが――別に植民地ごろなど、何百人死んだところでこちらはかえって有難いぐらいのものだが……だが今の場合は、そうも云っておれん。お前を捜していたのだからな」

「おれが人間ではないからだな」

　素気なくノーマンは云った。

「オルド・ヴェントナーはお前のいわば主人、上司だろう。長官の弟がお家騒動で自ら長官になりたがるのはともかく、アラスの警備隊長が、なぜその計画に乗る」

「おれだけじゃない。長官がきけば二度と部下を信じられぬような顔ぶれが、うしろについている」

　シグルドは、何か他のことに気をとられているような返事をした。

「まあ賢いオルドは、何百年か早く生まれすぎたのだということさ。我々は誰ひとり、ユートピアを望んでやしないのだ。恐しいことにユートピアを招きよせようと考え、しかもそれを実現してしまいかねない男は、死なねばならん」

「オルド・ヴェントナーの、他のコロニー、及びロヨルドやルンドのアスガルン原住民族、さらには星間連合会議での信望は、非常なものだときかされたことがあるな」

ノーマンは考え深げに云った。

「つまりそれが、俺でなくてはならぬという理由だろう。俺は所属する星系も民族も、出身地さえない、何しろ人間でない男《ノー・マン》だからな。俺ならば、俺ひとりに全責任をかぶせてあとで消してしまえばすむ。ロヨルドも市民もこの場合使えない、他の星出身のごろつきを雇えば、オルドを慕う各コロニーの市民が怒って、その暗殺者の星系と戦争にもなりかねない」

「報酬は望むままだ」

シグルドはくりかえした。

「それもあとで俺を消すとき取り返せるしな」

ノーマンはごくわずかにニヤリとした。シグルドもニヤリとした。

「それはだが、うまく生きのびるかどうかはお前次第だというものだよ」

「あんたは暗殺者に向いてる。あんたがアラスの長官になるべきだ」

「遠からず、なるさ」

ビームをかまえた、警備隊長の氷河の目は、まぎれもないユーモラスな輝きをみせた。

「あの馬鹿者はまもなくプロトニールで衰弱して死ぬからね。——いくら欲しいのだか、云え。それと逃げ足の早い宇宙船《ふね》、というのでどうだ。ついでに云うなら、仕事のためにはもう用意してある、ロヨルドの短剣を使ってもらう。雪ゴケの毒をぬってあって、からだに青い斑点ののこるやつだ。これを機会におれはロヨルド族というやつを一掃してしまいたい」

「あんたは、大胆だな。俺などにそこまで喋っていいのか」

「おれは喋ろうと思ったから喋っている。どのみち、お前は、誰にも洩らさん」

「それは、そうだ」

「幾ら欲しい。それとも、物で欲しいか」

「いや――」

ノーマンは目を細くした。

「引き受けない。俺はオルド・ヴェントナーを殺す理由がない。――すでに引きうけた仕事で手一杯だ。私怨があればやっても良いが、俺は奴に会ったことさえない」

「これほど、ことをわけて頼んでもか」

「そうだな」

「このビームを使わせるのか」

「あんたは使わんよ。少なくとも、次の引き受け手に思いあたるか、おれを脅迫や自白ガスで洗脳できない、と納得するか、或いは俺がその仕事をおえた瞬間までは」

「この――」

シグルドは口汚く罵りかけたが、自制した。その酷薄な口元に、おかしそうな笑みがうかんだ。

「お前は正しい。おれはカール・ヴェントナーの阿呆じゃないからね。――だが、ガスを使って洗脳するまでもないのではないかな。おれはお前をこの室にとじこめておく。それだけで、もうお前は気を変えてくれるのじゃないかな――またそうでなくて、このままここでおまえが冷凍肉になるとしても、それはそれで結構なことだしな」

「暖房をとめるのかね」

ノーマンはきいた。シグルドはクックッと含み笑いをすると、ビームをかまえたまま用心深くあとずさり、外に出て、ドアのしまる寸前に声をかけた。

「なるべく早く決めてほしいな。あとで暖めたり凍傷の手当てをする手間が少しでもはぶけるようにな」

ノーマンは口の中で呪詛のことばをつぶやいて、重いドアが両側からぴったりとあわさってその境い目さえ見えなくなってゆくようすを見守った。

ドアがとじると、それはそのままで殺風景きわまりない監獄だった。室の壁はすべて、むき出しの金属でできている。室は丸くなっていて、窓ひとつなく、地下のそれも相当に深いところにそれは位置しているのであるらしい。壁のひとところにくっつけて、アラスならばどんな安い貸部屋にでもある、大きめの寝椅子が、毛皮の一枚さえもかけずにおいてあるのだけが、唯一の調度だった。

その寝椅子に腰をかけて、ノーマンはゆっくりと、周囲を見まわした。無益であることはわかっていたが、立ちあがって、部屋の壁をくまなく叩いてまわった。どこにも、ぽっかりとひらく扉があろう筈もなく、そのまま再び寝椅子のところに戻る。

そのとき、室のどこか外側で、音がして、それと同時に、アスガルンのどのドームに行っても人々の意識の一番底を決してはなれることのない、全市を最低ヒューマノイドの生存できる温度に保っている暖房が、この室からたちきられた気配がした。

場末の貸部屋でも、通りの路上であってさえ、コロニーのドームの中であるかぎり、それは外の永遠の氷雪とはひとケタ違う温度に保たれている。外の氷雪のまんなかで、いかに重装備をしても、一昼夜以上生きのびられるのは、アスガルンの氷人族であるところのロヨルド族、ルンド族、だけである。

室の中は、急速に冷えはじめていた。ノーマンはぶるっと身をふるわせた。戦士のマントだけでは、とうてい、はてしもなく下がってゆくはずのこの熱を失った室に耐えられるはずもない。ノーマンは大声でシグルド・ラルセンの悪口を言い、彼の先祖がアスガルンへ移住してきた日を呪い、室の中でシャドー・ボクシングをやってからだをあたためようとこころみた。

しかし、いったん熱を失いはじめた金属の壁は、すぐに、すべての熱を放出しはじめ、切れるほどの冷たさで室内をとざしはじめていた。やがて彼は身体を動かすために床に立っていることさえ、厚い革のブーツごしにも耐えきれなくなったのを感じて、寝椅子にとびあがった。だがすぐに彼は罵り声をあげた。用意周到な警備隊長は、この地下の密室でたびたび人をもてなしたり、葬り去ったりするのに違いない。その寝椅子もまた、芯まで冷えきった金属でできていた。

壁に霜がはりつめはじめていた。ノーマンはマントをしいてもそれを通して全身にしみとおってくる圧倒的な冷気に、身体を丸めたり、とびおきたりしながら、炎熱の星で火焙りにされるのと、天然の冷凍庫の中で冷凍人間になるのはどちらがマシだろうかなどと考えていた。すでにくちびるはまったく色を失い、歯は凍りついてしまったようで、ひっきりなしに胴震いをしていても、手足のさきのほうは感覚を失いはじめていた。ノーマンは悲しいほどうすく思える革手袋の手で指さきやつまさきをもみながら、意地わるく考えた——これでは、万一引き受けてやったとしても、シグルドとカール・ヴェントナーが手に入れられるのは、凍傷で物の役にも立たぬ暗殺者でしかなさそうだ。

だが、気を変えてかれらの依頼を引受ける、ということ自体、論外というものだった。別に、テルゴスのごろつきでしかない彼が、そんなに強い倫理観念や、なみはずれた徳義心をもっているというのではない。むしろそんなものは馬にでも食わせろという方ではあったが、宇宙船乗《ふなの》りが、「宇宙の掟」を守らなくては宇宙ではやってゆけないように、「傭われ屋」としてやってゆくためには河の途中で乗手を変える、ということは不可能なのだ。いっぺんそれをしたが最後、たとえうまく生きのびたとしても、その噂は植民地という植民地のダーク・サイドにくまなくひろがり、そうすればその男はもう「傭われ屋」ではなくて「裏切り屋」と呼ばれることになるのだ。

ノーマンは面白くもなさそうに鼻を鳴らすと、立ち上がって、さきにシグルドの出ていった隠しドアとおぼしいあたりへ、反動をつけて思いきり体当たりした。

二度、三度。恐しい体重でぶち当たられ、金属の壁は悲鳴をあげたが、しかしそれはよくよく頑丈な金属で、たわみさえもしなかった。

ノーマンは罵声を発して諦め、いまやその上に身をおいているのが苦痛をとおりこして痺れるような無感覚をしかもたらさなくなった床の上にどしんと座ると、身をまるめた。どうにでもなれ、凍るものならば凍ってしまうがいい、と思いきめて動かなくなってしまう。彼のことを、テルゴスの虎、と呼ぶものも多かったが、たしかに彼はその凶悪な大型肉食獣の、執拗な不屈の闘志と同時に、一見すれば諦めが早いとさえ思われかねない、虎の思い切りのよさをも完全に保持していた。

といって、それは、闘うのを諦めた、ということではない。反対に、無駄にあがいて、貴重な体力をむなしく費やすことをいなむまでだ。罠にかかった虎はひとしきり吠えたけり暴れるが、ふいに静かになる。そしてよかろうと安心して人間どもが近づいた瞬間にその咽喉にとびかかるのだ。

だがそれは生身の人間であれば、とうに危険な昏睡に誘いこまれてしまうような圧倒的な寒冷だった。「アスガルンの眠りは、地球《テラ》の死」という、古いことわざのいわれを、その冷気は思わせた。物の役に立たぬ黒いマントをしいて、うずくまった彼の巨大な姿は、そのままぴくりとも動かなくなってしまった。灯りもない薄暗がりの中で、それは、死が刻みあげた彫像のようにかたく、そして冷やかに見えた。

4

　そのままで、どのぐらいの時間が過ぎたものか。

　獄舎と棺桶とを、ふたつながら兼ねてでもいるかのような、その殺風景な部屋の、壁の一箇所がゆっくりと横にすべって、そこに小さなのぞき窓があらわれるまで、室内の人影は、もはや微動だにしなかった。

　室の中は真白く霜がはりつめていた。どうやら、うずくまっている男のかぶったマントにさえも、その白い輝きは這いあがっているようだ。

「よし、開けろ」

　低い声が命じた。隠しドアがひらくのに、いささか手間がかかった。金属が、凍りついていたからである。

「何ていう寒さだ」

　一歩、牢獄に踏み込もうとした植民地人が喘ぐように云った。かれらはみな、厚い毛皮つきのコートと、毛の裏をつけたブーツとで身をかためていたのだが、この室の中のおそるべき冷気は、想像を絶するものだった。

「これでは、あの野郎もう確実に冷凍人間になっていらあな」

「隊長が、出してやれというのが、遅すぎたのさ」

「くそ！　ヴァルハラの頂上だってこんなに寒かないだろうぜ」

入ってきた男たちは、全部で四人いた。かれらは口々に役目の辛さを罵りながら、霜ですべらぬよう注意して牢獄の中に足を踏み入れ、うずくまった戦士のところまでやってきた。

「やれやれ、これじゃカチカチだ。みろ、叩いたら粉々になるぜ」

「これじゃ蘇生室へ入れてもムダなことだろう」

「四人で持ち上がるか？　あの貸部屋で持ち上げたときでさえ、べら棒に重かったぞ、こいつは」

「とにかくトロッコを持ってこい――あッ！」

カチカチだ、といって戦士の背中を叩いてみた男が、ふいにのけぞるようにして身をひいた。突然ぶつかられて、他の三人はよろめいて、口々にその男を罵った。

男は口がきけなかった。信じがたいものを見た驚愕に、目玉がとびだし、くちびるが色を失ってふるえていた。彼は物を云おうとあえぎながらさししめした。

だが、仲間たちに示す必要もなかった。三人は、悲鳴をあげてひっくりかえるところだった。

　凍りついて、すでにまったく息絶えているはずのテルゴスの悪霊が、白い霜におおわれたフードの陰から、ゆっくりと目をあげて、黄色い目でまともにそいつらをにらんだのだ！

「悪魔だ！」

　最初の男が叫ぶなり、室をまろび出て逃れようとした。だが、そのときにはすでに、まるで動き出した彫像のようなノーマンの手がのびて、その男をひっつかみ、壁に叩きつけていた。

　頭蓋のつぶれて脳漿《のうしょう》のとびちるイヤな音がした。わあっと叫んでとびのいた三人が、超高熱ビームを腰にさぐる一瞬に、黒い巨大な疾風のようにノーマンの拳が、一人のみぞおちにふかぶかとのめりこみ、もうひとりをかかえあげるなりつららのようにへし折った。

　残るひとりはまたたくまに金属壁を染めた同僚の血の海の中でへたへたとくずれこみ、ほとんどまだ何事が起こったのかさえのみこめていないようだった。テルゴスの虎の強大な手につかみあげられ、その黄色い、恐しい凶暴な目が目の前でのぞきこんだとき、はじめて男は空気のぬけたような呻き声をあげた。

「ロヨルドの少年は連れてきたのか？」

ノーマンは、衿をとらえてゆさぶりながらささやくように云った。

「それとも俺だけという命令だったから、あの貸部屋に放り出してきたか?」

それはさながら黄色いつむじ風に巻き上げられたようなものだった。抗うなど思いもよらなかった。男は滅茶苦茶にゆさぶりあげられ、咽喉をおしつぶされてぜいぜいと息を洩らしながら答えた。

「連れてきました。閣下がロヨルド族の美少年を試してみたいと云われましたので」

「いまカール・ヴェントナーの部屋か」

髭づらが弱々しくうなづくのを見とどけて、ノーマンはその首をがくりとねじ切った。死体を放り出す前に、その腰から超高熱ビームをぬきとる。室は虐殺の場と変じていた。血ですべる床をふみこえて通路にとび出したノーマンは、シグルド・ラルセンにビームでおどされながら下ってきた覚えのある通路を、まっしぐらにかけ上った。

動物的な感覚で、彼はあちこちで二筋、三筋に分れている地下の通路を迷いもせずにかけぬけた。ただ一度、出てきたきりの、アラス長官の弟の私室を、たちまち探しあて、閉ざしたドアにむけてビームを発射する。

金属のドアが溶けてできた穴から、見覚えのある、白い毛皮をしきつめた贅沢な部屋へ踊りこむと、寝椅子の上から、仰天したカール・ヴェントナーがとびおきた。

ふんだんにしきつめた毛皮の上に、キッドが仰向けになってじっとしていた。目は閉ざされたままで、顔は紙のように白い。アラス長官の弟は、毛皮をあしらった室内着をなかば脱ぎかけているところだった。驚愕に、プロトニールに侵されて真黄色に染まった目をとびださせ、「無礼者！」と云おうとしたが、ノーマンの手の高熱ビームからどうしても目をはなすことができないのだ。

ノーマンはずかずかと寝椅子に近づき、肥った愚か者の首根ッ子をつかんで猫の子を扱うように放り出した。キッドの腕をつかんでひきずりおこすと、氷人族の少年は苦しげに首をふって氷河の色の輝かしい目を開いた。

「その豚に何かされたか」

ノーマンがきいた。キッドはかぶりをふった。

「大丈夫です」

「俺はいまのところ、お前に雇われている。お前が望むならこの豚を殺すがどうする。但し——割増料金だが」

ノーマンがにやりと笑うと、ヴェントナーは難民の子供のように丸く膨らんだ腹をふるわせて悲鳴をあげた。

「どうでもいいのです、こんな……」

侮蔑的にキッドが云う。ノーマンは手刀をふりあげて、ふるえる手を呼鈴の方へそっとのばしかけていたヴェントナーの後頭部に打ちおろした。

「死んだのですか」

くずれおちたヴェントナーに、キッドは冷淡な目をむけた。別に、冒瀆の怒りも、報復の快感も、感じているようではない。

「いや。廃人になるかもしれんが、それは俺の知ったことじゃないからな。ところでお前はなぜ起き上らんのだ。どこか、怪我したか」

「いいえ」

寝椅子によこたわったしどけない姿のまま、キッドは弱々しい笑い声をあげた。

「ただ、この部屋にいるのは――私にとっては、拷問なのです。あんまり……あんまり熱すぎて」

「ああ」

とだけノーマンは云って、無造作に氷人族の少年を片手で抱きあげた。彼の腕には、それは羽毛のように軽かった。

「私の着ていたマントは、防寒用ではなくて、アラスの地獄のような高熱を防ぐためのものなのですよ」

キッドは笑って云った。ノーマンは、かれをかかえあげたまま、出口をさがしたが、とりあえず入ってきたドアの破れめからとび出した。人工太陽の熱と光のない通路へ出ると、キッドは深い安堵の息をついた。

「お前たちは生命のある氷のようなものなのか」

感心してノーマンは云った。しかし、キッドの心はもうよそへとんでいた。

「ノーマン」

かれは床におろしてもらい、戦士の太い腕に手をかけて、せきこんで云った。

「あの馬鹿なプロトニール中毒の男が、思いもかけないことを教えてくれた」

「……」

「口をすべらせて云ったのです。私の姉、ロヨルドのフロラを殺した、真の犯人は、彼の兄、アラスの長官、フロラの婚約者オルド・ヴェントナーそのひとだと」

「……」

「ロヨルドなどはこうして奴隷にして抱けばいいので、おれは兄貴のように、うかうかと妻にしてから殺さねばならぬはめになりやしない、と」

「なるほど」

とだけノーマンは云った。

「長官は、ロヨルド族の娘を妻にすることで、自分の理想をまず実践しようとしたけれども、純血主義者たちからのあまりの反発のつよさに、手を焼いたのでしょうね」

「その上に、いまさら反対に敗けては今度は賛同者の信頼を失う」

「恋人を失った悲劇の長官であれば、すべてはうまくおさまります。――フロラは、長官の策略で死なねばならなかったのですよ」

暗い通路を、ノーマンの大股にあわせて走るように歩きながら、キッドは強い怒りをこめていった。暗がりの中で、かれの銀色の目は、スノーキャットのように冷やかな怒りに燃え立っていた。

「ノーマン、あなたはまだ私の傭った復讐者《リヴエンジャー》でしょう」

「そうだ。契約を破棄した覚えはない」

「オルド・ヴェントナーを殺し、死体を私たちに下さい」

「よかろう」

あっさりとノーマンは云った。云いながら、はからずも二つの依頼を同時に果たすことになったわけだが、こういうケースで両方から報酬を貰うのは当然のことだろうか、などと考えていた。

「オルド・ヴェントナーは、自分の理想に敗れたわけだな」

彼は感想をのべた。

「まもなく中央行政会議がひらかれ、その席で長官はある重要な動議を出すときいた。すべてが彼にとって不運に働いて、彼を二進も三進もゆかぬ袋小路へ追いつめたのだな
——待て！」

いきなり、彼はキッドをうしろに庇い、通路の壁を背にして、ビームを構えた。曲が

り角から、ばらばらととび出してきた黒衣の男たちが、ぎょっとしたように足をとめた。

「いたぞ！」

「ここにいたぞ」

大声で叫ぶのを、ノーマンのビームがなぎ払った。たちまち、先頭の数人が火だるまになり、絶叫しながら倒れた。

「待て、ノーマン」

角の向こうから、きき覚えのある声がかかった。

「おれだ。射つな」

「シグルドか」

「そうだ」

アラスの警備隊長が姿をあらわした。別に、大勢の部下を失った怒りも見せずに、

「きさま、どうにも呆れた奴だな」

青い目に、例のゆがんだ諧謔のきらめきを湛えて云う。

「人間でない、というのは、掛け値なしのところだったのだな。いったい、どこの星に生まれれば、金属でも凍ってしまうあの室で平気で生きていられるのだ。ひょっとして、きさま、ロボットじゃあないのか？」

「馬鹿云え」

「だろうな――電子脳では、あの寒さではひとたまりもないからな――わからんな、おれの知っている限りの星系を考えても、お前のような住民のいる星はないぞ」

「呑気なことを――」

呆れてノーマンは云った。

「それより、さっきの話だが、ひょんなことから引受ける羽目になった。もう不要、と云われてもやらねばならん。そこをあけろ」

「そいつは有難い」

部下たちを制しながら、シグルドはしんそこ嬉しそうに云った。

「ところで引受ければそちらが手筈をととのえるような話だったが」

「事情が変わった」

金髪、碧眼のアラス人は平気で云った。

「おもてに車が一台ある。それを使って、あとは何とかしてくれ。事情は変わったが、報酬は変わらん。これだ」

シグルドはふところから、小さな包みをとり出して放った。ビームを構えたまま、ノーマンはそれをすくいとった。

「銀河系どこででも替えられる高額為替だよ。たしかめてくれ――少し余分にしてある、おれの気持でな」

青い目を輝かせて悪戯っぽくシグルドが云った。

「まったく、お前は有難い人材だ。おれの部下が上へ行って、カール・ヴェントナー次期長官が、超高熱ビームで黒焦げになって死んでいるのを見つけた。オルド・ヴェントナーも死ぬ。おれは忙しい」

「青い目の悪魔め」

ノーマンはくすくす笑って云い、それからビームでおどすように道をあけろと指示した。

「車をよこせ。ヴェントナー長官は官邸にいるのだな」

「幸運を祈っているさ」

シグルドは陽気に手をふって、通路のいっぽうを指さした。ノーマンはビームを構えたままキッドの手をつかみ、さっと二つに割れたシグルドの部下たちのあいだをかけぬけた。その背にシグルドが声をかけた。

「あと二時間もしたらアラス全市に戒厳令が出る。友達甲斐に教えておくがね」

「お前の友達になった覚えはないぞ」

ノーマンはふりむきもせずに叫び返し、そのまま通路をかけぬけた。裏口からひとけのない通りに出て、そこにとめてあった大型の車にとびのるまで、ノーマンの背をシグルドの笑い声がずっと追いかけてきた。

5

「あいつは、俺がこれまでみたなかでいちばんの悪党だ」

車は動き出した。ノーマンは車の電子脳に命じて、長官の官邸へフル・スピードでゆくようにセットしてから、キッドに話しかけた。

「はじめは俺に兄だけを殺させ、見逃したふりをして俺を殺し、ゆっくり弟を始末するつもりだったくせに、俺がカール・ヴェントナーを気絶させたもので、これ幸いと、一気にかたをつける気になりやがった。まあ、どっちでも俺はかまわんが。戒厳令が出ようと出まいと、あいつにつけ狙われているかぎり、たいした違いはなさそうだからな」

「人間というのはずいぶん、不自由なものですね」

考え深げにキッドがいう。車は、雪をけちらす大きな音をたてながらフルスピードで町をかけぬけていく。

「なぜそう、せわしくあれを望み、これを望み、するのでしょう。そうやって何を手に入れたいというのか——ロヨルドが手に入れたいと思うのは、いつだってただひとつで、ロヨルドが失ったとき復讐を誓うものだって、いつだってただひとつなのに」

「何だ、それは」

「永遠、ですよ」

ノーマンは黙りこんだ。キッドも口をひらかず、ようやくノーマンが再び口をきったのは、電子脳のスクリーンがまたたいて、目的地に近づいたことを告げたときだった。

「さて、どうしたものかな」

ノーマンはあごをかきながら云った。

「どうせこれだけ荒仕事になっちまったのだ。暗殺者というより破壊者《レッカー》で、このままこの車を官邸の中へつっこんで手当りしだいビームでなぎ払ってやるか。ただし、となるとそのあとどうやって脱出するかが面倒だな」

「そんな必要はありませんよ」

キッドがあっさりと云った。

「私たちは正門から、まっすぐに長官の私室へ入れるのです。フロラは私の双生児の姉ですよ。――それに、そのことを知ったらロヨルドの反乱がおこるのではないか、とおそれて、アラスの行政局はフロラの殺されたことをいっさい極秘にしているのです。きっと、ヴァルハラへ帰っていることにでも、なっているはずですよ」

キッドは顔を翳らせてつけくわえた。

「私たちだって――私とフロラが双生児で、互いに感応しあう仲でなかったら、いまだに彼女の死を知らぬまま平和に暮らしていたかもしれない」

「よし」

とだけノーマンは云った。

かれらは巨大なアラス行政長官の官邸の前で車をとめた。ノーマンは黒い戦士のマントの上から、車の中にあった厚い毛皮つきの防寒コートを深ぶかと羽織って顔をゴーグルで隠し、高熱ビームをベルトの内側にさし入れた。キッドの身ごしらえはいたってかんたんだった。黒マントのフードをうしろにはねると、氷河の上の万年雪のように輝かしい長い髪が、さえざえと白い顔をとりかこんでさらさらとなびいた。

キッドは恐れげもなく先に車をとびおり、官邸の門にかけていった。たちまち門衛が左右からかけよったが、長官の婚約者の顔は、すでに門衛たちにとって親しいものであったようだ。

キッドがふたこと、みこと話すとかれらはうなづき、そのまま深くフードをかたむけた戦士が、ほっそりとした連れと共に門をとおることを許してくれた。

「何と云ったのだ」

好奇心にかられてノーマンはきいた。ほとんど唇を動かしもせずに、

「部族の長《おさ》を、長官の秘密の乞いで連れ戻った、とです」

キッドは答えた。

かれらの前に、恐しく豪華でまばゆい、すばらしい部屋が次々にひろがっていた。すべて白と、それから青をモチーフにした、天井の高い室をかれらが通りすぎてゆくと、次々に花びらがひらくようにドアが左右に開いた。

キッドは、アラスの行政長官の私室へいたる道順を、知りつくしている、とでもいうように迷わず通路を曲がり、室を横切った。植民地人の召使や用ありげな制服の官吏がうろんげな目をむけてくるが、キッドをみると、かれらはすべてはっとしたようすで目をそらした。それは、ロヨルド族の娘としてただひとりでアラスの長官のもとに上がったキッドの姉が、周囲のどのような目に出会い、看視され、無視というより見て見ぬふり、見ぬようで陰険に一挙一動を見張る冷やかな視線にかこまれていたかを思わせた。

「こんなに楽な暗殺者《アサシン》ははじめてだな」

たくさんの人々が忙しげに動きまわっているパブリック・エリアを通りぬけ、もっと小さい室が通路の両側に並ぶ、そのかわり調度はより手のこんだ豪奢なものになってくるプライヴェート・エリアに入りこんだとき、ノーマンはささやきかけようとした。だが、

「黙って！」

キッドがするどく制し、そしてしなやかな手をさしのべて、奥まった室のドアの横に

ある、複雑で美しい意匠のインタフォーンを押した。

それは、組みあわせナンバーになっていたらしい。かれらの前で厚いドアが左右にひらき、そしてカール・ヴェントナーの室を飾っていたのと同じ、人工太陽の光がさっとかれらをつつんだ。

だが、室の中は、弟のそれとは比べものにならぬほどに、簡素で清潔だった。寝椅子、本棚、巨大なデスクと椅子、そのほかにはほとんど何もない、機能的な室である。そのデスクの前から、驚きの声をあげて、立ち上がった人がいた。

「フロラ！」

疑惑と、それを押し流すほどに強い、熱烈な歓喜——アラスの行政長官、ヴェントナー家の長男、オルド・ヴェントナーが、両手をさしのべ、なかば机も椅子もとびこえるようにして、そこに立っていた。

彼は非常な長身だった。そして、ひきしまった、理想に燃えた美しい若者だった。目は青かったけれども、アラスの警備隊長シグルド・ラルセンの目の青が、氷河の残酷な青であったとしたら、長官の目の青は、ノーマンに地球の空を思い出させる、光と輝きにみちた青だった。口もとはきっぱりとしていて強く、鼻梁は夢想家のデリケートな細さを保ち、そして額は高く白かった。

「フロラ、いったいなぜ——」

手をさしのべながらオルド・ヴェントナーは云おうとした。だが、彼は云いおわることができなかった——永久に。

ノーマンの超高熱ビームは、その広い胸をつらぬいて、彼の誇り高い心臓の鼓動をとめていた。アスガルンの超高熱ビームは、目盛りひとつで、対象に黒焦げの死体となってよこたわる屈辱をも、血の一滴も流れぬきれいな死体となるなぐさめをも、自由に与えることができるのだ。

オルド・ヴェントナーの貴族的な顔には、まだ失ったと思っていた恋人を見出した熱愛者の、照りはえるような輝きがそのままに残っていた。ノーマンはビームをすばやくベルトに戻した。彼の死体をロヨルドに与えるまでが仕事のうちだった。

虎には、人間の弱点である感傷はない。アスガルンのロヨルドもそうであると、ノーマンは信じこんでいた。

それゆえに、キッドが突然射ち倒された若き長官のかたわらにかけより、そのなきがらの上に身をふせて、激しく泣きむせんだのを見たとき、ノーマンは、まるで目の前で氷が火と変じたのを見たかのように息を呑んだのである。

6

「きさまは――」

そして――アスガルンの永遠の氷雪だけが、かれらの視野をぬりこめていた。

空は暗くたれこめ、遠い氷の峰々の上に、低くオーロラがはためいた。ここアスガルンには、朝のおとずれることもなく、従ってその氷がとけて青い草の芽ぶく春もない。

アスガルンは時のない星なのだ。植民者たちはそこへ時計と、限りある生、そしてめまぐるしい発展と欲望とをもちこんだけれども、それらはドームのなかにとじこめられて、いったんコロニーの外に出れば、それは永遠の白夜の中で、ただ吹雪のふきあれる白い魔の星なのだった。

「きさまは俺に何をやらせたのだ」

強い風が、スノー・モビルにむかってふきつけ、ノーマンの声を切れぎれに引きちぎってゆく。スノー・モビルを操っているのは、フードをはねのけたロヨルドのキッド――いや、銀の髪とオーロラの色の目をし、雪とおもてもむけられぬ寒風の中で、氷神の愛娘でもあるかのように輝かしく誇らしげに白い顔をあらわしている美しいフロラだった。

うしろの座席には、若いアラスの長官のなきがらが毛皮にくるまれてよこたわってい
た。彼の雪女の愛人がそうであるように、彼もまた、もう二度とこの恐るべき氷雪を敵
とは思っておらぬ筈だった。

「ロヨルドのキッド、殺されたフロラの双児の弟などいないのだ」

風をついてノーマンは声をはりあげた。ぶ厚い防寒用の毛皮にくるまれながらも、彼
はたびたび手をあげてゴーグルから雪を払いおとさねばならなかった。

「誰もがフロラに化けたきさまを信じて通した。あたりまえだ――きさまは、フロラな
い、い、い、のだからな」

「なぜ、わかったのですか」

キッド――いや、フロラはおちついてきいた。

「きさまは恋人の死体にすがって泣いた。ロヨルドが泣くなど、きいたこともない――
フロラの殺された事件など、なかったのだ。ヴェントナー長官がその犯人でありえよう
わけもない、フロラはこうして生きているのだからな。その証拠にヴェントナー長官は、
お前を見て、よろこびの表情をうかべた――それを、殺させたのだ。お前が、俺に、自
分の愛人をだ！」

フロラは答えなかった。その白い刻みあげたような顔が、オーロラの暗い赤に美しく染めあげられた。

ノーマンはまっこうから吹きつける雪と風をよけようと横をむいた。そうしながら、彼は、恋人の死体にとりすがって泣きくずれた少女がたちまち身をおこしたときのことを考えていた。

長官の私室には、熱線探知装置がそなえつけてあったのにちがいない。ただちにけたたましい警報が、官邸じゅうに鳴りひびき、ばたばたとかけてくる足音、悲鳴や叫び声で、みるみる周囲は大さわぎになった。

とみるなり、フロラは身をおこし、ノーマンに死体をさし示した。

「約束です。私たちに彼を下さい」

ノーマンは黙ってアラス長官の死体をかかえあげたが、強行突破で邸を走り出る前に、物入れをさぐり、さきほどシグルドが投げてよこした包みをとり出した。

「どうするのです」

いぶかしげにキッドがきいた。

「それは、報酬の金でしょう」

「あのシグルドが、ただそんなものを寄越すと思うか」

唸るように云い、彼は、追いすがる連中が通路にごった返した一角を狙ってそれを投げた。

金包みは爆発して、長官官邸の一角をめちゃめちゃにした。たちまちあたりは怪我人の絶叫とくずれおちた建物の土けむりに満ちる。

そうやって時間を稼いでから、入口をビームで突破し、シグルドの与えた車にかけよると、ノーマンはそれがまっすぐ官邸につっこんでゆくようセットしてとびおりた。

「ノーマン！」

そのとがめる叫びにはかまわず、見ろ、と顎をしゃくる。車が官邸につっこんでゆくや否や、さきに数倍する大爆発の音響が、アラス・コロニーをゆるがせた。

「見るがいい、シグルドめ、まったく愛嬌のある奴だ」

「車にも爆弾が？」

喘いでいるキッドをひきずり、長官の死体をかかえて、ノーマンは手近かの車にとびのり、運転者をひきずりおろした。

そのまま、市中の大混乱に乗じてまっしぐらに騒擾《そうじょう》の街をかけぬけ、あちこちで黒煙の上るアラスをみすてて、誰ひとり入るものはあっても出てくるものはない、というアラスのドアをひらいて永遠の氷雪の中へ踏みこんでいったのだ。

キッドのスノー・モビルがすでにそこに待っていた。

これは、彼女の領域だった。彼女はかるがるとスノー・モビルをあやつり、銀色の髪を吹雪にさらした。アスガルンのロヨルドは氷雪の中で生まれ、氷雪と共に生きるのだ。アラスでの冷やかで影のような姿が信じられぬほどに、フロラは絶対的な寒気と白一色のさなかで輝きわたっていた。

「なぜだ」

唸るように、ほえたける風の中でノーマンは叫んだ。

「ロヨルドもまたオルド・ヴェントナーと彼の理想が邪魔だったのか」

「ロヨルドにとって大切なのは永遠、それだけです」

フロラはつぶやいた。風がヴァルハラの峰々の上で叫んだ。

「私たちはそこで生きている、万年雪と氷河の中で、祖先と共に。それをオルド・ヴェントナーはロヨルドと進んで混血し、アスガルンを沃土にかえる夢をみた。いかに愛したところで、あたたかな血が混ざっては、冷たい血はほろびてしまう。自衛だったのです、生きるためですよ、ノーマン！」

「コロニストたちも、アラスが変わることを望まなかった」

ノーマンは呟いた。

「かれらはアラスを出て、この氷雪の中でなど生きたくない、という。所詮、長官は生きていられなかったな」

「人間のすることは、すべてわからないけれど、その中でも一番の罪悪は理想です」

フロラは輝かしいヴァルハラの霜のような髪を風に吹かせ、峰々の上のオーロラに目をやってくぐもった声で云った。

「理想が人々に殺しあいをさせ、私たちにまで何かを強《し》い、そしてそれがなければそのままでよかった、弱い人間の醜さや悪さをあばきたてる。理想は何よりも罪ぶかい」

ノーマンは黙って、殺すためにだけ出会った若いアラスの長官の、青く輝かしい目のことを考えた。彼はほんとうにフロラを愛していたのだろう。時には正義と真実が最も害毒となることもあるのだ。

スノー・モビルは走り、そしてそれはいつしかアスガルンの屋根、白き神々の座、ヴァルハラの連山に入りかけていた。

「息が苦しくはないですか」

フロラがきいた。ノーマンはかぶりをふった。フロラはいぶかしげだった。

「私たちも人間ではないけれど――あなたは、何なのですか、ノーマン――あなたは能力も考え方も行動のしかたも、私たちロヨルドがやっと覚えた『人間』のそれとすべてどこかしら違っている」

「俺が何だろうと俺が氷人族でないことは確かだな。息は苦しくないがこれ以上寒くなるなら……」

ノーマンは口をつぐみ、毛皮をひきよせた。

スノー・モビルは一昼夜走りつづけた。それはしだいに急になる尾根道を上りつづけたが、ついに巨大なクレバスの手前でフロラはスノー・モビルをとめた。

「この先は、歩いて下さい。大丈夫です、すぐに『祖先の洞窟』ですから」

ノーマンはうろんな目で氷人族の美女を見た。が、黙って、冷えきって重くなった長官の死体を背負うとあとに従った。

フロラは明らかに、ようやく彼女のいるべきところへ帰りついたのだった。彼女は黒いフードさえもすててしまった。その下に着ていたのは、銀色に輝く、かるい羽毛のドレスで、それをひらめかせた彼女はまったく、上から下まで白銀色の、雪と氷の精そのものだった。

クレバスを渡り、連山のふもとから、そのつららの垂れさがった洞窟に入ってゆくとき、彼女は誇らかに叫んだ。

「『祖先の洞窟』です！」

ノーマンは、喘ぎながらそこへ足をふみ入れた。ただちにひらけた景観は、彼の豊富な経験のなかでさえ、かつて出会ったことのないものだった！

暗く氷にとざされた洞窟の中へ、ひとすじの道がつづいている。かなりのあいだそこをよろばい歩いたあと、突然、彼は両側の壁に目を奪われた。

それは、冷たく、かたく、光もなしに、氷にとざされて立ちならぶ、無数の死者の列だったのだ。

あるものは目をとざし、あるものは氷の中で目を見ひらき――あるものは完全な姿をし、あるものはどこか欠けたり傷ついたりして――しかし、それはいずれにせよ、腐敗もなく忘却さえもありえない、人間たちの知っているのとはあまりに違う「死」に封じこめられて、永遠の時間を見守っている沈黙の立像たちだった。

「これは誰の父で、それは何がしの妻で――すべて、わたしたちロヨルドは死者とともに生きているのです」

フロラが云った。ささやくような声であったが、それは氷にとざされた死者たちのあいだにいんいんとひびきわたった。

「人間たちが生と死をわけへだてするのが私たちにはふしぎです。私たちには、私たちがこうしているのと、かれらがそうしているのに根本的な差異はない。そしていつか、ずっと先のある日、オーディンの角笛がひびくと、かれらはすべて立ち上がって、再び私たちと共に暮らすのですから」

「何てこった」

とだけ、ノーマンは云うのがやっとだった。

死者の群れは永遠につらなっているかに見えた。かれらはどれも、氷の中で血色がよく、目をみひらいてこちらを見つめているものもあり、もしもその顔をはりつめてキラキラとフロラの髪の輝きに反射する、分厚い氷がなかったならば、そのままでそれはロヨルドの勇士と美女たちの歓迎の列とも見えたにちがいない。

ノーマンは、それらがいまにも全員動き出して追ってきはせぬか、といういまわしい恐怖にとらわれながら、背の死体を重く歩み進めていったが、ふと異様なことに気がついた。

「かれらは、だんだん、大きくなってゆくぞ――フロラ！」

「ええ」

フロラは誇らかに云った。

「アスガルンは私たちの星――私たちはアスガルンの神々だった。私たちは昔巨人族ロヨルドとして知られ、小人族ルンドを支配していた。混血が私たちを無力に小さくしていってしまったけれど、いまでも私たちは最初の父祖、神々であった巨人たちと共にあり、かれらの栄光を忘れていない。金の角笛がひびくとき、われわれの父である神々も目をさますのですよ、ノーマン！　どうして、神々の直接の末裔《すえ》である私たちが、あとからやってきた、卑しいいとわしいあのコロニーのうじ虫どもに、私たちの地を汚させ、私たちの神々の復活をさまたげさせたりしましょうか！」

さいごは、それは誇りたかい宣言だった。フロラは羽毛の衣をはねのけた。真白な輝かしい腕をさしのべて、両側をさし示した。その両側には、いまや、山が人の形をとったとえ云ってよい、威厳ある霜で真白にぬりこめられた巨人の像が、圧するように、無言の列をなしてそそり立っていた！

「アスガルンはロヨルドのものです！」

神々の娘は叫んだ。

「ノーマン、あなたは、フロラの死などなかったと云った。私がフロラだと――それは違います。たしかにフロラは死んだ。オルド・ヴェントナーの愛したフロラは、たぶんゆきずりのいやしい純血主義者の手にかかって。こうして、ここに、美しい姿をとどめ、部族の者に見守られて、永遠の中でオーディンの角笛を待つ権利さえ奪われて！　でもフロラは生きている。私もフロラなのです。そして私の姉妹たちも――さあ！」

フロラの髪はさやさやと鳴り、そしてノーマンは太古の神々、ロヨルドの巨人族の、いまにも動き出そうとするような立像たちの足元で、驚愕に目を見張っていた。

像のうしろからあらわれてきたのは、三人、四人、いや、七人のフロラ、すべてその霜《フロスト》の髪も、輝かしい目も、しなやかな肢体も寸分たがわぬ分身たち！

「お前は――」

「私たちは、どれだけ長いこと生きてきたかも忘れた」

すべてのフロラが口をひらくと、神々の像のあいだに同じ銀鈴の声がこだました。

「私たちはひとつの心とひとつの姿をもっている。フロラがオルド・ヴェントナーを愛したから、私たちもすべてオルド・ヴェントナーをひとつの心で愛する。フロラが死んだから、復活できぬから、私たちの九分の一は死んでしまった。これ以上失うことがないように、私たちは、いやしいコロニストではあるけれども、私たちの姉妹の愛した若いアラスの長官を、私たちのヴァルハラに連れに来た。ヴァルハラで、若い美しい英雄、オルド・ヴェントナーは神々と共に永遠に生きる。私たちの愛を永遠に享ける。――ノーマン、あなたもいらっしゃい。あなたにも、神々の座での永遠の生をあげるから――あなたは勇士。ここは勇士と神々と美姫だけの永遠の座ですから。――さあ、ノーマン！」

「ヴァルキューレ！」

ノーマンはわめいた。

「女吸血鬼どもめ！　きさまらは、ヴァルキューレだったのか！」

戦場でたおれた勇士と英雄の魂を、神々の住まいするヴァルハラに運んでゆくという、九人の姉妹、ヴァルキューレ。――ひとりを失い、八人となった、銀色のヴァルキューレたちは、ノーマンと、地にうち伏したフロラの愛人の死体とを、おしつつむようにして立っていた。ほそくなよやかなむきだしの手がこちらにさしのべられ、つややかなくちびるはオーロラの真紅に輝いて濡れ濡れと開き、そこからのぞく真白な歯がノーマンをあやしくいざなっているようだった。白いうすぎぬの下で丸い胸は冷たく波打ち、大きな、スミレ色や赤や銀色、オーロラに照らし出される氷の峰のありとあらゆる色彩に輝きをかえる猫の眼は、吸い込まれるような蠱惑をたたえ、蜜のように執拗に、誘惑の毒をしたたらせて、戦士にむけられていた。

痺れるような畏怖——おぞましい歓喜が、戦士の人間ならぬ魂の最深部をひっつかみ、ゆさぶった。彼はいまはじめて、おびき出された九人、あるいは数知れない男たちのむざんな運命をもたらした恐怖にみちた妖怪の本体を悟っていた。

「ヴァルキューレ！　俺に触るな！」

なよやかな、ぞっとするほど冷たく、そしてぞっとするほどなまめかしい感触の手が、ほとんど彼の全身にからみつかんばかりにまで近づいていた。深甚な嫌悪と恐怖が戦士の全身をとらえ、彼は身心をおそった唐突で強烈な麻痺をその非人間的な力のすべてをふるって断ち切った！

彼の手がベルトのビームをぬきとった。平生であれば何十分の一秒とかからぬその手練れの動作が、まるで深くて圧倒的な悪夢におしつぶされたように、かぎりなく困難で、苦痛だった。

だがついに彼の手はそれをつかんだ。いきなり恐しい咆哮をあげて、彼はビームを発射した。七色にめくるめく清らかな火があたりを乱舞し——

かすかに、ヴァルハラの娘たちの叫び声と、神々の生ける屍のくずれおちる大音響を耳にしたように思ったが、そのまま、ノーマンの意識は、トゥオネラの闇のなかへくずれおちていった。

7

そして――

再び、氷惑星アスガルンの、終わりのない白夜だけが彼の前にひろがっていた。

氷の亀裂をかろやかにとびはねてゆくレム鹿や、あるいは雪ウサギ、それらのふしぎな氷河の住人たちは、もちろん、ヴァルハラからほど近い、永遠の大雪原の中に突伏して雪に埋もれている、黒いその見なれぬ生物は、とうに凍え死んでいるものと思ったにちがいない。

それらはまるい目をまばたき、おそるおそるぬれた鼻をその服の端っこにおしつけてみてはあわててとびのいたりするのだった。

オーロラがはためいて、ひっきりなしに、その大雪原をあらゆる色に染めかえた。

大雪原の彼方――植民者たちがアスガルンの首都《キャピタル》と称している、アラス・コロニーの方角で、オーロラのやむわずかのあいだに、異変と騒擾とを誰かに訴えるかのように上りつづけている巨大な黒煙が見える。

しかし、それなどは、この氷と雪の惑星全体をぬりつぶしている圧倒的な白さからは、ほんとうに一滴落としてみた墨ほどのものでさえない。アスガルンは、植民者たちのものではありはしないのだ。

黒い影がむくりと動き、そしてよろよろと起き上がった。ノーマンの顔は凍傷で凍りつき、マントも、そして髭までも、真白に新雪でおおわれていた。

しかし、彼は盲目的に少しずつ歩きはじめていた。自分がどこにいるのかも、なぜそうして歩いているのか、どこへ、何をしにゆくのかさえも自ら知ってはいないようすで。それは、人間たちがとっくに失ってしまったある神秘な、そして強力な力に、自らの内と外とからかりたてられ、奇怪な尽きることのない活力を与えられている手負いの虎の姿だった。

「ヴェントナー……」

うめくような声が、彼の凍りついたくちびるを洩れた。なぜその名を口にしたのか、何を云ったのか、いや、自分がそう云ったことをさえ、彼は知らないのだ。

アスガルンの大雪原はてしなく続いていた。新雪は一足ふみ出すごとに彼のブーツをくるぶしまで、時には腿までものめりこませた。

それでもなお、ノーマンは歩きつづけていた――ヴァルハラ、奇怪な伝説の姉妹ヴァルキューレたちの棲む禁忌の高峰は、舞い散る雪煙の彼方にある。

風が出てきて、さらさらした新雪を舞いあがらせていた。そうすると、銀色のはてしない雪原は、ヴァルキューレの霜の色の髪のように、あやしく輝きわたるのだった。

解　説

今岡　清

本書はグイン・サーガ・シリーズ最後の新刊です。

ハンドブック、パンドラ・ボックス、アニメ版グイン・サーガなどに収録されながら、グイン・サーガ作品集としては刊行されていなかったすべての作品がここに集められました。また、そればかりではなく、本篇の始まる以前のエピソードから、中断した本篇の遥か先のエピソードまでが収められています。

未曾有の大長篇グイン・サーガは、古代王国パロへの、新興モンゴールの突然の侵攻によって始まりました。おだやかなホームドラマのような、巻頭の「前夜」は、タイトルどおりグイン・サーガ劈頭《へきとう》の波乱が幕を開ける日の、まさにその前夜の物語です。

この作品は、アニメ版グイン・サーガのDVDに付されたブックレットのために書かれた作品ですが、このDVDの企画がなかったら、おそらくこの作品が書かれることはなかったでしょう。体調のすぐれない時期に、DVDの抱き合わせ企画のために書くということに、当初は栗本薫は乗り気ではありませんでした。しかし、アニメ製作会社アニプレックスのプロデューサーからの、モンゴール侵攻前夜の物語をお願いしたいというリクエストに感ずるところがあって、執筆を快諾することになったのです。たんにDVDを売る手段として依頼されたのではなく、まさに執筆意欲をかきたてる注文があったからこそ、原稿を引き受けることになったのでした。そして、三十分もデスクに向かっていると体が辛くなってやめざるを得ないという状況のなか、本篇執筆のあいまを縫い、死の三ヶ月前に「前夜」は一気に書きあげられました。

耽美と少年愛を標榜して、一時代を築いたJUNE誌初出の「悪魔大祭」は、栗本薫の退廃と悪徳、闇への嗜好が前面に出された作品です。同じファンタジー色の濃厚な「アレナ通り十番地の精霊」の、市井の生真面目な人々の人情と祈りを描いた作品とは、同じ作家の手になるものとしてはずいぶんとまた傾向が異なっています。これは、栗本薫という作家の持つ多面性、多重人格性を如実に表しているといえるでしょう。

「クリスタル・パレス殺人事件――ナリスの事件簿」は、タイトルからしてクラシックなミステリを、遊び心満点に楽しんでいる作品です。栗本薫のミステリは、もともと謎解きやストーリー以前に、様式を楽しむ傾向があり、それは伊集院大介シリーズの多くの作品にも見られる傾向ですが、この作品は栗本薫のそうした趣味が前面に押し出されたものです。

そして、「ヒプノスの回廊」です。ランドック、アウラ・カー、暁の女神など、グイン・サーガを初期の段階からいろどっていたキー・ワードの謎は、本書の表題作「ヒプノスの回廊」によって明らかにされていきます。いや、正確には明らかにされたかどうかもまた微妙なのではありますが。それでも、そうしたキー・ワードは一度ははっきりとした像を結びかけ、そしてまた謎の深淵に沈んでいくのです。

いまとなっては知るすべもありませんが、「ヒプノスの回廊」は、『七人の魔道師』と同じように何巻かの時をへて、本篇につながっていく作品だったのかもしれません。

・

巻末の「氷惑星の戦士」は、グイン・サーガとはまったく別の、SFマガジンに掲載されたまま続篇が書かれることもなかった作品です。

なぜシリーズ以外の作品が本書におさめられているかといえば、それは「氷惑星の戦士」こそがグイン・サーガが生まれるきっかけとなった作品だからなのです。

幼い頃に読んだ少女小説を飾っていた武部本一郎のイラストに魅了されていた栗本薫は、あるとき書店で見かけた武部本一郎の表紙にひかれて『火星のプリンセス』を手に取り、たちまちヒロイック・ファンタジーの虜となりました。そして作家デビューする以前から書かれていた多くの作品のなかには、ヒロイック・ファンタジーもあったのです。

早川書房が一九七四年に実施した第四回SF三大コンテストには、本名でヒロイック・ファンタジー作品を応募してもいました。しかし、その作品は予選を通過することなく、選考委員の目にふれることもありませんでした。たまたま下読みをした方の好みにあわなかったのでしょう。予選に落ちた作品というのは、SFマガジン一九八二年十二月臨時増刊号に掲載され、その後、他のシリーズ作品とともに単行本化された「カローンの蜘蛛」です。

栗本薫が作家デビューした当時は、日本にはヒロイック・ファンタジーの書き手は存在しませんでした。そして、彼女は日本で最初のヒロイック・ファンタジー作家になると期するものがあったのですが、SFマガジン七八年十一月号に掲載された高千穂遙の美獣シリーズ「北海の獅子王」によって先を越されてしまったのです。そこで、栗本薫はただちに「氷惑星の戦士」をSFマガジン七九年三月号に発表しました。

筆者はこの当時、SFマガジンの編集長をしていたのですが、栗本薫は、それほどまでにヒロイック・ファンタジーを書きたいと思っていながら、その思いがあまりに強いばかりになかなか手を着けられなかったようです。そのために、高千穂遙に先を越されたという口惜しさもまた格別のものがあったようでした。

　高千穂遙に遅れをとらじと発表された「氷惑星の戦士」でしたが、いざ発表してみたところで、どうやらこれではとても美獣には対抗出来ないと考えたようです。

　たしかに、北欧神話そのままに骨太な、高千穂遙の作り出したヒーロー、ハリィデールに比べて、SF的な設定とからめた、どちらかと言えば幻想風味の強い「氷惑星の戦士」の世界は華奢な印象はぬぐえません。

　そこで、主人公のキャラクター作りから新たに構想が立てられました。美獣のハリィデールに対抗するためには、ふつうの人間ではとても太刀打ち出来ないと考えて主人公は豹頭となり、さらにまた、限定された狭い世界を舞台とするヒロイック・ファンタジーを離れ、『三国志』のような国々の興亡がおさまるような世界がデザインされました。

　そしてグイン・サーガが生まれ、百三十巻に渡って書き続けられてきたのです。

　もしも美獣シリーズが書かれていなかったら、そして「氷惑星の戦士」が書き続けられていたら、グイン・サーガは生まれなかったかもしれません。あるいは「氷惑星の戦士」とはまた別にグイン・サーガが書かれるということがあったかもしれませんが。

　いま「氷惑星の戦士」を読み返してみると、たしかにこの限定された世界では、おそらく悠久の時の流れのなかで起こる国々の興亡も、そしてそれに翻弄される人々の運命も描くことは出来なかったでしょう。

グイン・サーガが生まれるについては、このような背景がありました。そして、書き始められた後も、グイン・サーガの世界は微妙にその方向性を変えていったのです。ヒロイック・ファンタジーを意識してスタートしたグイン・サーガは、やがて国々の興亡やその背景をなす群像劇、登場人物の成長や性格の変遷などによって次第に従来の小説の枠を越えたものに変貌していき、ついには巨大なグイン・サーガというジャンルとなっていきました。本書はそうしたグイン・サーガの世界を概観する一冊でもあるとも言えるでしょう。そしてまた、この五月には、グイン・サーガを多くの方に書き継いでいってもらいたいという栗本薫の遺志を実現する第一歩として『グイン・サーガ・ワールド』が発刊されます。栗本薫のグイン・サーガ以外はグイン・サーガとして認めないという方の声も耳にしますし、私自身にもまたその思いがないわけではありません。しかし、栗本薫という作家がたった一人でここまで作りあげた世界を、多くの人々の力でさらに拡大していくことは、充分に意味のあることではないかと思います。

そしてこれは、作家、栗本薫とはかかわりのないことかもしれませんが、中島梓／栗本薫という、小説、演劇、音楽などさまざまな手段によってみずからの世界を表現しようとした、一人の表現者の存在を偲ぶために、昨年も行われた「梓薫会」というコンサートを今年は七月十八日に行います。詳細は天狼星通信をごらんください。

最後に、契約上の制約にもかかわらず、「前夜」の本書への収録を快諾していただいた株式会社アニプレックスのご好意に感謝いたします。そのおかげをもちまして、グイン・サーガのすべての作品が、一篇もあますことなく書籍の形で残ることとなりました。

●天狼プロダクションの最新情報
「天狼星通信」http://tenronews.cocolog-nifty.com/blog/
●栗本薫／中島梓の通販サイト
「梓薫堂」http://shikundo.ocnk.net/

著者略歴　早稲田大学文学部卒
作家　著書『さらしなにっき』
『あなたとワルツを踊りたい』
『豹頭の仮面』『七人の魔道師』
『見知らぬ明日』（以上早川書房
刊）他多数

HM=Hayakawa Mystery
SF=Science Fiction
JA=Japanese Author
NV=Novel
NF=Nonfiction
FT=Fantasy

グイン・サーガ外伝㉒

ヒプノスの回廊《かいろう》

〈JA1021〉

二〇一一年二月十日　印刷
二〇一一年二月十五日　発行

（定価はカバーに表示してあります）

著者　栗《くり》本《もと》薫《かおる》
発行者　早川浩
印刷者　大柴正明
発行所　株式会社　早川書房
郵便番号　一〇一 - 〇〇四六
東京都千代田区神田多町二ノ二
電話　〇三 - 三二五二 - 三一一一（大代表）
振替　〇〇一六〇 - 三 - 四七七九九
http://www.hayakawa-online.co.jp

乱丁・落丁本は小社制作部宛お送り下さい。
送料小社負担にてお取りかえいたします。

印刷・株式会社亨有堂印刷所　製本・大口製本印刷株式会社

ISBN978-4-15-031021-9 C0193